〖中华诗词存稿·地域专辑〗
中华诗词学会 编

绿园集

黑龙江诗钞

盛武凯　盛义甫　著

中国书籍出版社
China Book Press

图书在版编目（CIP）数据

绿园集 / 盛武凯著 . -- 北京 : 中国书籍出版社，

2020.7

（中华诗词存稿·黑龙江诗钞）

ISBN 978-7-5068-6965-2

Ⅰ. ①绿… Ⅱ. ①盛… Ⅲ. ①诗集—中国—当代

Ⅳ. ① I227

中国版本图书馆 CIP 数据核字 (2020) 第 124436 号

绿园集

盛武凯 著

责任编辑	王志刚
责任印制	孙马飞　马　芝
封面设计	采薇阁
出版发行	中国书籍出版社
地　　址	北京市丰台区三路居路 97 号（邮编：100073）
电　　话	（010）52257143（总编室）　（010）52257140（发行部）
电子邮箱	eo@chinabp.com.cn
经　　销	全国新华书店
印　　刷	北京虎彩文化传播有限公司
开　　本	710 毫米 ×1000 毫米 1/16
字　　数	200 千字
印　　张	17
版　　次	2020 年 7 月第 1 版　2020 年 7 月第 1 次印刷
书　　号	ISBN 978-7-5068-6965-2
定　　价	1198.00 元（全 6 册）

《中华诗词存稿》
编委会名单

作者简介

　　盛武凯，号绿篱园主人，男，汉族，1937 年 12 月生，中华诗词学会会员，中华诗词研究所研究员。酷爱国学，编撰《百谱词萃》、《词名溯源》，注释《道德经》。出版《绿园情韵》等三本诗集。荣获首届西柏坡全国文学艺术大奖赛一等奖，第一、二届炎黄杯全国中老年诗词大赛金、银奖等。作品收入《中华经典诗篇》、《中华历代名诗品鉴》、《百年律诗大典》，有幸附古今诗词家尾翼。传入《中华诗人大辞典》等辞书。

总　序

我们这个诗歌大国有一个很好的传统，历来注重"采诗"、搜集整理诗歌材料。作为唯一的全国性诗词组织的中华诗词学会，自1987年5月成立以来，就十分重视这项工作。学会每年的学术研讨会和历届"华夏诗词奖"，都出版论文集和获奖作品集。纪念学会成立二十年、三十年时，还专门编辑出版了《大事记》《论文选集》《诗词选集》。《中华诗词》创刊以来，每年都制作年度合订本。2007年5月，在北京天识东方文化艺术传播有限公司的资助下，以近代以来诗词创作、诗词理论、诗词运动重要文献汇编，当代名家个人作品专集等为主要内容，出版了《中华诗词文库》。经过十来年的编辑整理，已经出了近百卷。这些诗集、文集的出版，记录了近百年来尤其是改革开放四十多年来，中华诗词从起步、复苏走向复兴的砥砺前行的历程，为近、当代诗歌史的撰写准备了丰富的资料。

党的十八大以来，中华民族优秀传统文化重新受到应有的重视。习近平总书记《念奴娇·追思焦裕禄》词和《军民情》七律的相继发表，引领中华大地诗潮滚滚而来。《中共中央关于繁荣发展社会主义文艺的意见》和中办、国办《关于实施中华优秀传统文化传承发展工程的意见》，都明确提出"加强对中华诗词、音乐舞蹈、书法绘画、曲艺杂技和历史文化纪录片、动画片、出版物等的扶持。"国家教育部组织制定由中华诗词学会起草的新中国语言体系中的新韵书《中华通韵》已经通过国家语言文字工作委员会语言文字规范标准审定委员会审定，即将颁布全国试行。这些都使我们真切地感受到，中华诗词的春天真的到来了。诗人们乘着骀荡春风，正以高昂的激情，书写着中华民族伟大复兴的新时代、新史诗，国家富强、民族振兴、人民幸福的中国梦；正以与人民同呼吸、共命运的诗人之心，对人民的欢乐、人民的忧患、人民的情怀给以诗意的表达；正以"美"或"刺"的诗人之笔，对市场经济大潮中人民对幸福生活的期待，对美好未来的希望，对假丑恶的深恶痛绝，或给以方向，或给以赞美，或给以鞭挞。正如习近平总书记所指出的："好的文艺作品就应该像蓝天上的阳光、春季里的清风一样，能够启迪思想、温润心灵、陶冶人生，能够扫除颓废萎靡之风。"

当前，传统诗词创作者和诗词爱好者队伍发展迅速，已超过三百万。每天创作的诗词作品超过唐诗、宋词、元曲的总和。诗词评论研究队伍也成长很快，诗词评论、诗词学、诗词创作理论研究成果丰硕。如何从浩如烟海的诗词作品中"淘"出优秀作品，并使之存下来、传下去，如何使诗词研究理论成果"面世"并发挥应有的指导作用，确实是摆在我们面前的无可回避的一个重要课题。中华诗词学会是一个没有国家编制，没有国家拨款的社会团体，事业的运转主要靠社会赞助和会员费支撑。俊识（北京）文化传媒有限公司总经理吕梁松、北京采薇阁总经理王强，两位一直是对中华传统文化情有独钟的热心人，慷慨解囊，愿意同中华诗词学会一起，搜集整理编辑推出《中华诗词存稿》这套书，共同为中华诗词文化的继承和发展，做成这件十分有意义的事情。

　　《中华诗词存稿》主要搜集整理出版三部分内容的资料：一是当代诗词名家的个人作品集；二是当代诗词评论家、诗词学者的学术著作集；三是当代诗词作品、诗词理论学术成果阶段性、专题性、地域性的集成类作品集。诗词作品强调精品意识，沙里淘金，把"有筋骨、有道德、有温度"的优秀诗词作品搜集起来。诗词评论、研究类资料强调理论性和创新性，应具有鲜明的个性特点，具有创建性的见解。集成类的资料应有一定的史料保存价值。总之，做成一套具有当代价值和历史意义的好书。在此，我们编委会人员，向提供资料、筛选编辑、版面设计、校对勘误，包括所有为这套资料付出辛勤劳动的同志们，表示真诚的谢意！

郑欣淼

二〇一九年七月于北京

前 言

　　中华国学，文化传承源远流长。个中以家传者众矣。汉魏三曹、北宋三苏，妇孺皆知。唐王绩王勃、岑文本岑参、杜审言杜甫、韦应物韦庄，祖孙皆以诗名，父子名家者更多。

　　当代父子以诗名者鲜，东北更少，盛武凯盛义甫父子，在更少者中。

　　盛武凯年际八旬，国学之士也，著述颇丰。工诗，尤以七言近体见长，七绝更佳。今自选近体诗 325 首，名曰《绿园拾翠》，其中《宋才子谱》七绝 100 首，独具特色。其子义甫，受家学熏陶，亦工诗，现任哈尔滨青山诗社社长。自选诗 182 首，名曰《绿园新叶》。编者将其父子诗选合编为一卷，名曰《绿园集》。

　　与众不同者，父子皆用新韵。自隋唐以来，中古韵正统诗坛，盖 1400 余年矣。用韵所以不变，非韵本身不变也，是用韵之法不变耳。琴趣、散曲不入科场，随时移易；近体诗则不然，自唐抵清，试帖诗乃科举一门试卷，不及格者落第。故字之韵实已变，而其名则抱残守缺。陆法言长安论韵时，华夏各地之语音，并非统一，《切韵》兼顾吴语秦音，一字入多韵部者多多，是以妥协也。声韵小学，古来专攻者鲜，《切韵》作为官话，从未通行，名实两乖，先天不足也。诸多南北前后差异之音，但凭韵书统一圭臬，学者靠记忆谱熟而已。高辛夔"平生双四等，该死十三元"故事充满辛酸。

新中国成立后，确立普通话标准国语语音，虽个别字所定标准尚可商榷，然则语音统一之历史潮流及其效果，亘古未有。新韵，代表诗歌未来，无论诗词曲赋。当然，新韵在继承中有革新，古今口语语音变异，更多是官方确认。其确认，似乎考虑连续性略有不足，但其不足非主流，可完善。新韵终将取代中古韵，不容置疑。

学诗不能不知古。学习古人优秀文献，不懂旧韵则不懂传统诗词曲赋之规律。然而，中古音已部分亡佚，完全未变者盖寡。尤其入声韵与闭口阳声韵，现代汉语普通话中没有。可流畅以中古音诵读者，今人几无，现世音韵学家，全国仅有千余，即或侪辈，亦难以做到。至于当代用旧韵作诗词曲赋者，更不能为之。古韵所存者，名也，其实则亡矣。

盛氏父子用新韵，其见识堪称领先。国学当继承，继承中承认已移易之事实，是明智之举。文明传承中，保持血缘助力，善哉。

塞北梅翁徐景波
戊戌谷雨记于寒梅斋
2018 年 4 月 18 日 9 时 6 分

目　　录

七律选九十一首

敬挽焦裕禄同志 二首

(一)

难挽英雄惟哭之，苍天忍教损芳姿。
心胸何有一丝我，兰考当立千年祠。
尽瘁堪为人典范，鞠躬足以我为师。
未酬壮志身仙逝，正是梅花艳丽时。

(二)

老天吝啬实堪哀，夺去人民磊落才。
日月精神昭赤县，山河境界美云台。
沙丘有幸埋忠骨，裕禄无羞对九垓。
瞑目英雄安睡去，红旗自有接班来。

书怀

欲写情怀韵不成，浩茫心事任纵横。
唤来朝日鸡难已，路尽峥嵘马更鸣。
处逆当如冰笋竹，抗寒更俱柏松风。
何须惊蛰春雷后，激荡风云气若虹。

挽陈毅元帅

扬波九派泣风云，五岳含悲悼毅魂。

南国诗花惆怅谢，中原玉柱怆凄尘。

主旌皖赣惊魑魅，立马亚非壮昆仑。

幸有后人未解甲，继承遗志为人民。

纪念毛主席向雷锋学习题词十一周年

难得平平又不平，春云万里蕴雷锋。

罗丁境界昆仑壮，涓滴精神九派惊。

立党为公成砥柱，爱民无我献忠诚。

终将有限成无限，祖国光辉一典型。

贺陈毅元帅诗词出版

将军翰墨势如虹，笔底风雷落九重。

匕首投之惊鬼蜮，光辉照处辨蛇龙。

述怀六三推肝胆，梅岭三章献赤诚。

铁血诗人诗铁血，元戎气度壮雄风。

寄兴林弟

凄风苦雨叹飘零，霜叶时来青海鸿。

昔日灯前论理想，而今书翰诉衷情。

行程谁信张仙老，掌舵还须毛泽东。

难得西窗共剪烛，天高地阔任驰聘。

读《元遗山诗集》二首

（一）

夕阳残照雪霜时，万里京华纵岿奇。

难吐丹心辅魏阙，空流血泪护旌旗。

愁溶骨髓天难问，痛击肝脾梦更痴。

一把新亭风景泪，抛垂大地雨风凄。

（二）

长天落日肃然秋，曲折潇湘望楚丘。

残破江山家国恨，迷茫陵谷遗民愁。

雍门社稷瑶琴泪，河岳喉襟辅臣谋。

沉痛诗情唐李煜，春花秋月水长流。

读《过秦论》

八方龙战自昏晨，逐鹿中原众盼君。
立异失民能失国，标新国应更生民。
英明王忌始终变，机智群怀兴衰心。
二世之过何在耳，杀兄私立错看人。

酒颂

琼浆玉液似如神，美女红灯转醉魂。
后主十年丢社稷，兰亭千古得微醺。
刘伶不醉成孤鬼，屈子能醒作逐臣。
酒德而今唯赋颂，钱能旋转旧乾坤。

读《红楼梦》

十二裙钗费苦吟，石头一记鉴人心。
人情厚薄权钱变，世态炎凉宠辱存。
非作是时非即是，假为真日假亦真。
红楼读罢悄然起，独立苍茫老泪涔。

咏梅

梅花素俱龙虎之姿，风云之气，在严寒中报春，为历代所称道。

冰姿玉骨斗埃尘，铁马铿然三弄吟。
高士寻芳迎岫雪，美人敲月惹诗魂。
风云不改千年艳，龙虎能旋万代春。
四海仰瞻尧舜国，梅花正气满乾坤。

松

千尺苍龙上碧霄，长风挺立做天骄。
峰巅睥睨群山小，云表峥嵘悟昊峣。
风雪犹增寒岁节，雷霆更壮浙江潮。
人间谁会乔松志，进退辱荣均自高。

荷

绿绮拖云荡逸轻，亭亭玉立旭阳晴。
湖中沐浴千般美，月下风流万种情。
不逐俗流身自重，难侵秽浊品尤清。
心怀明月清香好，浊浪曾经更玉莹。

海棠

楚楚风神处子妆，婷婷袅袅立纱窗。
雨中羞涩胭脂色，月下朦胧馥郁香。
酒未沾唇犹欲醉，喉能吐语更索肠。
东风但愿频相助，永使妖娆泛瑞光。

答张铁荣同志日本来信

万里蓬瀛喜雁鸿，神仙世界动心旌。
云浮绿野一堆雪，雾笼烟霞万壑樱。
梦断凤鸾原氏语，魂消万叶大和情。
羡君斧柯成师导，光大轩辕气若虹。

梦游天平山范仲淹故居

拙政曾游倍自矜，天平三绝憾登临。
辱荣一记英雄泪，退进两忧社稷臣。
山石磷峋元辅骨，红枫漫烂子民心。
甘泉最爱澄清好，万古流芳品鉴人。

咏菊

飘零风雨立黄昏，斜倚东篱对月吟。
傲世只因天道别，迟花不逐俗时心。
高标陶令难输节，孤韵箕山不诏臣。
铜锈可怜环宇满，云霄谁识屈骚魂。

牡丹

长安拒诏盛名芳，魏紫姚黄满洛阳。
民族灵魂称国色，国家气节属天香。
小聪难得乾坤气，大化神钟霁月光。
请看群英花谱上，亭亭卓立百花王。

赠兴林弟

细雨微风上月台，西州眺望尽阴霾。
凌云瘦骨筠依旧，犯雪秋英菊照开。
大道难行须努力，补天无术总堪哀。
三年已过难相见，燃烛何时话惬怀。

苏联瓦解

革命百年日照空，一朝瓦解泰山崩。
北辰马列超级国，铁血人民铸大同。
旗帜变颜飞雪白，江山依旧夕阳红。
箴言尼克何为惧，戈叶应防是蛀虫。

芍药

一丛紫艳伴疏篱，玉露晨曦荡逸枝。
沾酒美人微醉后，含苞华萼半开时。
氤氲气韵迷茫梦，绰约芳姿隽永诗。
别样风光应月下，高擎红烛对酒卮。

文天祥

宏图万里已危残，大厦难支一状元。
北去山河歌正气，南来社稷汉衣冠。
后人喜读指南录，先圣笑谈生死关。
民族精神民族节，燕山碧血照人寰。

西安碑林

精华书法汇西安，四海文明举目看。
梦幻龙蛇张醉墨，凛然典楷颜毫端。
羲之神逸冠绝世，武穆精神壮河山。
书苑风流藏骨节，翰宫神采令人眩。

水仙

满室幽芬实可人，凌波怀抱一枝春。
天公点染鹅黄晕，紫钵勤修水石神。
翠袖添香流逸韵，霓裳幻彩动风魂。
冰霜清节堪怜爱，不避烟尘报国民。

状元榜 （五十三首选二）

焦竑

勤奋研幽少与涛，琼林赐宴已白头。
著书百卷声名重，交友一狂荒诞尤。
胸蓄经纶真学士，腰缠铜锈假风流。
籍林坐卧评千古，胜似朝堂万户侯。

姚文田

寒窗刻苦夺双科，含笑英才进壳罗。

贿货公行言养吏，灾民遍地献良谟。

庙堂名士风流少，官海庸才龌龊多。

荣辉生前多受尽，无关国运奈若何。

天人共祝毛主席百年华诞

1993.12.26毛泽东百年华诞，是时韶山杜鹃满山，日月经天，彩蝶飞舞，千年奇观，不能无诗。

千载难逢盛世宏，神州十亿仰韶峰。

青松屹立千年像，杜宇弥漫万壑红。

日月经天铭伟绩，江河行地记丰功。

天人共祝导师寿，华夏元黎冀大同。

菊花

岁序重阳染大荒，江天万里数枝黄。

东篱最赋天然韵，无射惟荣地毓香①。

艳逸神魂三品绝，梅松竹节一红妆。

情怀高洁冰清志，独立秋风傲晚霜。

【注】

① 九月律属无射，毫无生机，唯菊独荣。

电影《沟里人》

崇山峻岭喜葱茏，沟里农村困苦穷。
身受天磨通大道，心遭人谴跃云龙。
山花几朵经霜绿，翠柏数株过雪浓。
三十年书英烈史，中华百代树峥嵘。

重阳赋 (三首选一)

风云变幻实难谙，带笑如今返绿园。
厌看纷纷蝇逐臭，倦听虞诈鹿争权。
东篱绿映黄花韵，弯月烟笼天籁寒。
漫步登高抬望眼，长空万里白云闲。

大观楼长联

长联仰慕已多年，喜幸今朝识大观。
万里江山凝咫尺，千秋功罪结铭言。
华夏文明惊环宇，人物风流历涅槃。
往岁光风堪骄傲，而今盛世更欣然。

岳阳楼

湖波纵峙岳阳楼，今日登临不觅侯。

风月无边云梦泽，水天一色洞庭秋。

江山胜处多名士，社稷危时少庙谋。

读罢妙文生感慨，万家犹乐系心头。

电视剧《苍天在上》 (二首选一)

雄姿英发入官场，甘愿为民做脊梁。

秽吏明编权利网，廉官暗铸剑锋芒。

人无折磨难成器，国有贪污易败亡。

一出苍天反腐剧，扬清斥浊颂天香。

鹤 (四首选一)

倩影苗条著素妆，风流自受富昂藏。

池塘月色鸣天籁，松柏花光舞羽裳。

俗世忘机多逸致，名贤在野愈生香。

云中仙鹤幽梦影，铎响尼山动泽乡。

蓬莱阁

天开海岳造蓬莱，幻妙琼楼胜境开。
谈笑振衣千仞岗，披襟骋目万方怀。
江山锦秀生文士，疆海屏藩毓将才。
苏轼诗词戚氏武，晋山瞻拜我曾来。

电视剧《宰相刘罗锅》返乡

长空雁字泻寒秋，驴背读书兴别幽。
奸佞犹留堂庙上，清忠方措稼耕谋。
在朝常运元黎计，下野更为社稷忧。
两袖清风归故里，可怜无记岳阳楼。

香港回归颂

百年香港苦沉沦，昏弱君王害庶民。
城下订盟三割地，国中蒙耻亿伤心。
环球崛起中华骨，领袖群伦大禹魂。
今日红旗上宝鸟，万方瞩目神州春。

历代名姬咏（一百首选二）

红拂

柔肠侠骨两兼之，书画琴棋俱为奇。
杨府钟鸣闻腐臭，中原逐鹿举旌旗。
悦来乐食巫山果，唐庙功铭鼎彝舞。
红拂夜奔传美绩，名花有主贯云霓。

梁红玉

红笺清唱请缨志，水调词填露庙谋。
鹤舞鹰飞巾帼剑，王媒宋主凤鸾俦。
雄才大略平刘乱，正义凛然拯岳侯。
一战金山偕大帅，千秋万代属风流。

包龙图千年华诞祭

龙图学士殁千春，禹甸尊崇民族魂。
每恨弄臣伤社稷，常忧社鼠乱乾坤。
赤心惩腐怀尧国，黑脸除奸爱庶民。
正大光明悬日月，中华万世楷模人。

电视剧《开国领袖毛泽东》（九首选二）

（一）

风流人物上天安，回首沧桑岁月寒。

万里长征私有制，百年共赋大同篇。

人民可破兴亡率，贪吏能丧尧舜天。

创守艰难谁属最，心潮澎湃卷狂澜。

（二）

万里江山带笑看，元黎做主换人间。

不忧原子忧仓鼠，敢斩豺狼斩贿官。

民族灵魂民族骨，岳华气派岳华旃。

风云幻变从容立，沧海横流壮大千。

绿篱园写意（三首选一）

榆柳围篱掩陌痕，满园花树四时春。

问谋嘉友多穷客，论学高朋少富人。

幸有诗书贻俊杰，喜无资产祸子孙。

每当夜静常回忆，无愧元黎无愧心。

春

东风逸荡小桃红，紫燕衔春觅旧踪。
鸣鸟声中红杏雨，樱花韵里绿杨风。
溪桥擎伞长虹影，牛背横笛野寺钟。
不晓诗人经意否，身姿也在画图中。

哈尼诗画梯田咏

天放银钩梦幻帘，春风锦秀是梯田。
飘飘袅袅泉声脆，静静幽幽少女恬。
百幅丹青风雨画，千条美韵水云联。
哈尼民族多情致，歌舞声中绣大千。

西湖春

天上人间何处寻，蓬莱仙岛一壶春。
桨声摇碎青山影，柳晕醉薰红杏魂。
眼底风光山水画，耳边龙凤九韶音。
西湖三月如西子，美韵倒倾千万人。

长城

屏藩独立叱风云，千仞振衣别有神。
嘉裕飞檐衔落日，海山涌浪护天门。
千秋虎踞神州骨，万里龙腾民族魂。
登上雄关抬望眼，中华开辟纪元春。

电影《冼星海》

法国学成思母亲，归来满眼泪痕新。
江山破碎元黎泪，民族危亡草木深。
不写人民无骨气，只歌时代有灵魂。
黄河怒吼狂风起，唤起神州万众心。

千年志禧，龙年咏龙

虔诚崇拜八千春，又是祥和复始新。
聚结人心凝禹甸，形成民势化乾坤。
蕴涵泰岳藏风骨，积郁江河蓄国魂。
搏击海天龙世界，请看华夏再腾云。

中华世纪坛 (四首选二)

(一)

气势巍峨奥妙坛，兴亡教训铸机玄。
循环更替乾坤转，破立微宏宇宙观。
曾领风骚三百世，复兴神韵五千年。
得民心者得天下，万众争创世界先。

(二)

屹立京华底蕴深，峥嵘大气斗风云。
泰山血脉振民气，壶口雷霆励国魂。
警世钟鸣辛丑史，太阳火焠复兴人。
好凭机遇擎天剑，华夏龙腾世纪春。

敦煌

东西文化交流地，昔日繁华锦秀乡。
万卷书经埋土底，千秋画典放天光。
秦风汉骨风云烈，唐韵清魂肝胆香。
一个元朝开放地，缘何只有百年长。

读师东兵《世纪巨人之战》

对比拉平笔辩雄，风流文采势如虹。
禹门跃鳖终为鳖，渊底蟠龙依旧龙。
四海归心谋岂妙，九州失位术非穷。
胸怀百姓惟宗旨，万卷经纶毛泽公。

答李老师惠诗《闻武凯到长沙》

劳师赐惠到长沙，高尚情怀慕物华。
毛室空余龙虎气，贾家徒具月窟槎。
返真无力携风雨，去恶有心拯夕霞。
过誉妙诗应愧我，绿园只会弄梅花。

附：李文林《闻武凯到长沙》诗

闻君昨日到长沙，独立湘江赏物华。
吊古料将瞻贾第，怀今应是谒毛家。
登临岳麓携烟雨，坐爱亭中挽落霞。
纵有风云多变幻，绿园依旧弄梅花。

挽邹广健同学

四五春秋友谊深，传来噩耗泪沾巾。
每谈时势徒忧国，常惜位卑难泽民。
数学博经通典籍，论交披肝沥胆人。
忍抛老幼归天去，泣血枉招知已魂。

潼关

华夏咽喉立若虹，千秋豪杰梦魂中。
气冲牛斗三千界，势压危关百二城。
紫塞连云天马啸，秦山落日太华雄。
得城漫道能称国，向背人心衡负赢。

西子湖

人工造化蕴钟灵，仙境世间诗画凝。
若拨柳丝湖韵碎，莫惊天籁塔魂清。
梅花鹤影孤山月，竹翠松苍岳庙风。
最令心神倾倒处，英雄巾帼更多情。

绵山

云梯十架上锦巅，环抱群峰小洞天。
胜绩千秋凝历史，光风方寸缩河山。
吐吞天地英雄气，镕铸乾坤正大篇。
介子情怀光日月，国人寒食祭千年。

漓江烟雨

心愿天贻八桂缘，醉遊世界小乾元。
一江烟雨淋漓画，两岸峰岚绝妙帘。
张旭醮挥罗带韵，右军酣写美人簪。
襄衣横笛吹纱去，幻化蓬壶好梦圆。

归来园

不为斗米争折腰，归来三径尽荒蒿。
南山采菊乾坤大，陋屋倾杯日月高。
杨柳风流潭水净，丘陵肃穆白云飘。
腐败世情多隐逸，桃园寄意梦魂娇。

史可法墓

扬州十日泪沾襟，可法精神照北辰。
一岭梅花千古月，三分浩魄九州心。
山河壮丽孤臣泪，天地巍然社稷魂。
阮马立私更正道，江山易帜做沉沦。

卢沟桥

燕京门户沐霞光，一线沉沉入八荒。
永定涟漪涵梦幻，庐沟晓月照苍茫。
石狮昂首春秋立，金鳄卧波风雨狂。
抗日砲声惊赤县，长桥俊美姓名香。

关帝庙

石砌牌坊高入云，架山驭水小乾坤。
借来宫殿京华韵，装点精华武庙魂。
义炳千秋华夏史，神横万里虎龙吟。
人民崇敬真难得，百代馨香拜圣人。

名曲《二泉映月》

一进芳园忆旧情，南胡隐隐颤心旌。
凄凉月色蒙天籁，幽怨泉流咽血声。
拉动琴弦撕黑夜，点燃胸火盼光明。
无锡山水飘灵气，美韵长流阿炳名。

音乐桥 三首

诗《忆》配乐《离别》

一缕忧伤水面漂，朦胧月色荡湖桥。
琴音飘渺涟漪动，泪眼模糊荒墓摇。
追忆柔情心颤慄，悽怆离别荡丝飙。
拂窗柳韵敲魂魄，折取何时赠阿娇。

二胡《江河水》

深沉江水向东流，波带忧伤抑咽喉。
孤寡啼饥挣扎苦，雁鸿唤侣唳嘹幽。
硝烟弥漫阴云黑，铁骑喧哮战地秋。
一段悲惨亡国恨，二胡颤慄出心头。

琵琶、散文、江南花月夜

音乐桥中诗画浓，卧游吴越醉听筝。
橹摇流水琵琶韵，波荡清风竹叶鸣。
月色溶香弥地籁，寺钟浸磬散涛声。
江南梦境亭台好，丝竹蓬船载酒行。

为王乃祥老师参加山东临沂王羲之书法大赛作

临沂会稽江山秀，日月钟灵毓圣人。
一序兰亭天下法，千秋行草北辰尊。
神机得自天然韵，气骨源来晋将军。
幸庆时贤承雅意，宏扬文化九州魂。

读《石达开诗》

文武双全泰岳高，丰功伟绩立娇娆。
大渡河波鸣壮烈，金陵城头叱英豪。
拯民草檄骋天马，讨敌挥戈怀虎韬。
可恨秀全多猜忌，一代英雄逐浪消。

读赵佶《山亭燕·北行见杏花》

徽宗御制画书精，纵笔抒怀千古惊。

垂柳时摇风雨意，杏花常感腊春情。

乾坤已变非乡国，河岳不知改姓名。

春色依然开昔日，闻皇北狩杜鹃鸣。

人民英雄纪念碑

丰碑峻伟入层霄，烈士头颅写自豪。

烟雨嘉兴朝日出，风云井岗火星飙。

雄姿铸就江山美，鲜血染成旌旆娇。

百载追求公有制，试看理想泰华高。

西柏坡 （四首选一）

万山崇翠卧荒村，一夕成名世界闻。

共富人间元庶志，为公天下导师魂。

鱼龙变化乾坤定，旗帜飘扬雨露均。

领袖心胸怀大略，安危社稷系人民。

余杭遗恨 (四首选二)

(一)

誉满环球风水地，寡人独享自身荣。
江淮铁马风云裂，宫禁红灯歌舞雄。
不管元黎吞血泪，只图贵族醉浆琼。
消磨国器消民气，曲膝求安国运穷。

(二)

徽宗三绝史称殊，落得嗣裔丧正途。
只乐宫庭传鹊讯，不听大野泣鸿鸣。
赵家理论苟安策，华夏人民亡国奴。
道寡称孤私一姓，初衷顿失帝王图。

韶山

舜听天乐始闻名，惟楚有才蕴泰亨。
五岳雄沉难卧虎，韶山平淡偏藏龙。
人民景仰无双地，华夏唯尊第一峰。
千古中华谁庶圣，大无大有属毛公。

毛泽东颂 二首

(一)

尧舜从来称圣贤，毛公独赋大公篇。
铲除社会剥削制，重铸人间平等天。
领袖为民民爱戴，元黎亲党党弥坚。
百年风雨从容立，拯救中华屹大千。

(二)

环球激荡百年长，世纪英雄出禹乡。
定鼎中原民主定，扬旗纽约国眉扬。
枣园豪迈论尸虎，鸭绿从容逐核王。
试问瀛环能有几，三尼敛衽祝心香。

电视剧《好爹好娘》

船沟百姓筑辉煌，峻伟丰碑立太行。
十一钢钎山凿洞，一腔肝胆脊昂扬。
以民作父社基固，立党为公国祚长。
众庶孙田尊典范，无私公仆万年香。

延安（六首选四）

（一）

久寂荒鸡唱大声，果然地火爆雷霆。
延河广蓄乾坤气，宝塔狂飚马列风。
海让胸襟容万象，山纵脊骨立孤峰。
贫穷极处出贤圣，革命天贻毛泽东。

（二）

鸡唱林曦月一痕，高崖身影似高吟。
长城磅礴天生骨，壶口咆哮地壮魂。
脚下群山驰骏马，胸中美韵吐风云。
诗人赢得共和国，一曲沁园唱万春。

（三）

不平世道起雷鸣，陕北高原搏鲲鹏。
万里长征鱼得水，千秋事业虎生风。
殷忧启圣争民主，夏鉴兴邦盼救星。
历代风惇难比胜，神州大化日光明。

（四）

桃李花开塞上春，东方红里太阳新。
高原培育飞天马，陕北毓成华夏魂。
马列核心民作主，工农贤圣庶称神。
宗南铁马金戈在，转眼昆仑碾作尘。

再赋漓江

鸡叫漓江薄霭天，朦胧世界蕴诗篇。
水涵邃宇虹霓影，山插云鬟银汉簪。
船漾迷濛仙境里，人游幻妙梦魂间。
江山如画令人醉，社会谐和享乐园。

电视剧《国家起诉》

一场大火露贪源，检察机关冲在前。
腐败官僚反腐败，除贪战士愤除贪。
权奸聚结蛛网络，利剑劈开麻一团。
不信人民公器在，能教社鼠乱清天。

读《荷塘月色》

血雨腥风二七年，人间风月尚依然。
绿裙菡萏美人浴，月色荷香梵娜玄。
奇笔绾烟笼妙境，神思织梦画图妍。
避风逃进玲珑塔，写就幽情世外篇。

读达芬奇《蒙娜丽莎》油画

丝丝微笑散檀薰，倾倒人间多少人。
面漾澄湖夺天美，眼涵甜蜜慑人魂。
画中梦幻谁能解，纸上玄机莫探真。
岁月风云凭变数，芬奇祈盼丽莎春。

民族英雄李兆麟

抗日英雄李兆麟，白山黑水靖倭尘。
露营歌浩山河泣，战骥长鸣龙虎吟。
统率西征吞马革，遭逢杀害吐霓云。
丰碑屹立丁香国，百代馨香民族魂。

七绝选九十二首

小说《红岩》 （四题选一）

齐晓轩

骨风不逊轩辕帝，不负荣名叫晓轩。
若问斯人今在否，渝州城里看红岩。

想邹郎

独倚门前三两天，索诗不得意珊阑。
梦君昨夜赠佳句，犹自醒来带笑看。

路拾 （二首选一）

苍茫烟雨燕来天，手折樱花带笑看。
不道身边春几许，风光一路到家园。

哈平路 （三首选一）

茫茫雨后出骄阳，柳浪绵绵泛淡黄。
哈市南来风景好，樱花十里是平房。

读《秋瑾集》

英姿横剑小周郎，竟是风流巾帼妆。
诗著山河千古壮，一生肝胆挽沦亡。

读《杜牧诗选》

美人伫立柳杨风，红艳一枝残照中。
岁历千年何辩拭，依然如玉吐长虹。

题张铁荣照

钻研刻苦结硕果，文苑南开看铁荣。
妙笔生花须励胆，百年事业树峥嵘。

海棠

小乔旖旎属天妆，月照风流是海棠。
犹恐皎峣容易损，东风常浴可人香。

陆游

爱国豪情谁与伦，诗篇写入重千钧。
梦中带剑横天下，终是可怜一放臣。

读《邹容传》 (三首选一)

何惜头颅挽陆沉，终将肝胆铸昆仑。
刀丛笑向擎云蘿，风雨巴山一国魂。

菊

独对寒霜立肃秋，芳姿月下更清幽。
经沧不改千年艳，临节尤添气韵遒。

桃花扇

一扇桃花演败亡，亭山笔底旧行藏。
可怜江左多名士，骨节何如美妓香。

怀念周总理

尽瘁鞠躬为庶民，神州海岱共精神。
梅园请看花千树，归报年年万岁春。

三潭印月

亭栏九曲荡荷风，湖石玲珑碧浪生。
我去三潭无月色，莲花梢头夕阳红。

曹雪芹

补天夙愿总难期，写尽风流笔一枝。
世上沧桑多少叹，至今顽石笑人痴。

大风歌

仰凭三杰驭群雄，扫尽烽烟唱大风。
自古君王多赖子，张良独自得全终。

读《汉书》

龙战玄黄唱大风，群雄崛起霸图宏。
谁知吕氏行新政，百万兵戎血泪红。

读《徐文长传》

末路英雄山海立，寡孤夜哭运来迟。
不平逸出诗书画，大泽龙蛇未入时。

韩培增画荷

出泥不染自天妆，入画风流别样香。
孰解匠人笔底意，冰心不怕雨风狂。

牡丹

名花一见辄消魂，倩影三更入梦频。
不著胭脂多素艳，林中月下长精神。

谒岳庙 (三首选一)

岳王庙宇气萧森，万众景行民族魂。
千古神州悬日月，常同武穆共精神。

严子陵钓台

群山卓立雨霏微，严子钓台近水湄。
请问人间贪欲者，富春敢否照须眉。

林逋故居

千古咏梅负盛名，暗香妙句属高峰。
山河可惜遭残破，犹有鹤妻梅子情。

读《遗黄琼书》

盛名招谤不为殊，皎皎无瑕愈易污。
还是板桥悟妙谛，人生难得是糊涂。

李煜词

妙词独辟缠绵风，无限伤心无限情。
亡国哀音和泪写，江流千古是愁声。

读《磨剑室诗词集》（十三首选一）

诗词奔放陆陈雄，百载沉疴第一声。
龚自珍和柳亚子，文坛近代两长虹。

李自成（二首选一）

夕阳晚照大旗红，百万貔貅入帝京。
一十八天皇帝梦，化为暮鼓与晨钟。

小草

红极登峰辄损零，人间岂奈雨风情。
眼前唯有无名草，绿到天涯锦浪生。

曹雪芹

肺腑平生寄石头，十年披阅铸红楼。
补天无术心难死，幻出情歌碧血流。

谭嗣同

早岁昂扬唱大同，临危慷慨血流红。
读完近代英雄史，忽听苍天霹雳声。

黄鹂

女子无才便是德，须眉高峻是非多。
林中还属黄鹂好，时唱阴晴盛世歌。

王昭君 (二首选一)

神州疆域大无垠，三杰归天后乏人。
一代应怜汉天子，平安社稷靠钗裙。

张果老

人间确有张仙老，倒骑毛驴欺世愚。
旋转乾坤凭妙术，面朝东海路朝西。

诸葛亮

蹇驴缓过雪梅桥，梁甫歌吟入汉霄。
未出茅庐三鼎国，千秋谁似卧龙高。

贺武效峰同志六六寿 <small>（四首选一）</small>

心存社稷晚犹壮，志在元黎老更勤。
介子严陵谁相似，只谋事业不谋身。

钟馗酒醉图

横陈醉卧睡朦胧，不看人间鬼蜮行。
也许钱能通大道，人情不媚媚鬼情。

赵高

权压诸王匿计深，秦皇刀剑剩余身。
坑儒焚典成何事，万世宏基坏一人。

板桥竹

画竹板桥尽弱枝，虽然有节力难支。
可怜县令官职小，有志补天难救时。

付丝宰《狱中上陈后主书》

群奸在侧弄谗权，货贿公行正直潜。
玉树后庭歌未尽，千秋史镜鉴愚顽。

偶拾

红袖衣裙鬟未描，披霞晨起摘樱桃。
谁能妙手操神镜，摄下消魂一段娇。

昭陵六骏

九州咤叱血玄黄，龙虎风云战大荒。
六骏唐初逢伟生，中华史上姓名香。

关中遐想

西岳榴花绿映红，渭河洛水雨空濛。
一篇廿六中华史，俱在风云幻变中。

司马迁《与挚峻书》

玉洁冰清挚伯陵，绝人处士德才情。
教人史圣成三立，惟有功名累姓名。

读《天宝遗事》 (五首选一)

剑阁闻铃

斜谷微风苦夜长，闻铃剑阁倍凄凉。
风流皇帝多情意，填雨霖铃唱断肠。

蠡园

山青水秀越吴尤，巾帼须眉各俊逎。
名就拥偕西子去，五湖烟雨独风流。

车过绍兴

烟柳千重掩市门，纵横河道媚游人。
我来绍兴留遗憾，遥拜中华民族魂。

晚返武林

远上青山落照中，残阳如血醉朦胧。
波光塔影浆声里，如梦如痴入画城。

晨游桐庐

绛纱青黛湿云鬟，晓梦初醒意未阑。
琼岛飘然多画境，群山皆似美婵娟。

写生 （三首选一）

轻烟浅柳袅微风，如血残阳自在红。
一幅天然浓墨画，寻诗少女醉春情。

赠毕德厚先生

早年辄读杂文篇，犀利投枪入木寒。
一睹慈颜生敬仰，风流儒雅似春山。

林则徐 （二首选一）

香岛销烟民族魂，至今浩气上凝云。
我来海国生青穆，瞻仰山河社稷臣。

昆明鸣凤山钟楼

将军一怒为红颜，明代江山社稷残。
铁铸洪钟三桂耻，千年警报汉雄奸。

岳阳小乔墓

周郎去后霸图空，粉黛惟余寂寞情。
还是东坡诗句妙，至今犹听佩环声。

颐和园

无限风流富贵家，一朝腐败叹虫纱。
而今惟有琼楼在，依旧湖山夕照斜。

林则徐铜像

苟利国家生死已，销烟气节慑英夷。
无量功德无量罪，肖立神州玉柱奇。

辛弃疾

沙场挥剑铁蹄疾，万马营中夺帅旗。
乘胜归来原是梦，云山深处听鹃啼。

无题 （二首选一）

云霄塔影仍巍然，已过时光六十年。
百战为争公有制，红旗血染满山川。

西湖

岳庙金戈壮士心，西施红粉美人身。
裙钗气韵英雄骨，百代风流华夏魂。

盼雷声

事忙难会三春韵，心静方听万籁鸣。
难得如今无事做，柴门柱杖盼雷声。

无题

忧国忧民血泪痕，好诗不厌百回吟。
常将魏阙悬心上，笔底韵流民族魂。

绥芬河海关

绥水流芳一界河，百年谲诡是非多。
岸边隐隐藏楼市，曾唱黄龙万岁歌。

北华忆旧 (七首选一)

一别朝阳三十春，重逢已是白头人。
风神还是当年好，无限桑沧感慨深。

过金陵

得意春风上柳梢，归来陈主马蹄骄。
后庭玉树情难尽，歌舞声中送六朝。

和琛

文明天子爱和琛，竟使蝇营独伴君。
富甲神州堪抵国，头颅到底是黄金。

瑶琳仙境

诗情画意神仙府，幻妙奇观小洞天。
一部易经难解读，无穷胜境在其间。

洪承煮叛明

长空大纛甲戈明，叱咤天涯海角风。
反正可怜洪大帅，少时爱唱满江红。

英雄颂 （十二首选二）

孔繁森

人民公仆爱人民，物欲横流不动心。
死后清贫无遗物，神州十亿仰昆仑。

时传祥

传祥掏粪毕生忙，心洁自然魂梦香。
主席工人双手握，本无贵贱共辉煌。

赏雪

玉树琪花带笑吟，塔风神韵斗诗魂。
雪满山林期紫燕，衔回烂漫一枝春。

朱耷《残荷碧鸟图》

无可奈何花落去，青云铺里苦相思。
江山依旧姓名改，画幅残荷碧鸟啼。

读《鲁拜集》

波斯王国大无疆，何故一朝倾刻亡。
请看诗人峨默赞，美人醇酒是天堂。

基石赞 （十一首选三）

陈永贵

位高不改旧时装，卷入风云故事长。
梦带大同归大寨，魂飘梅韵逸天香。

王进喜

拓荒牛战嫩江源，不怕风霜雨雪寒。
搅拌身驱何处觅，万千油塔上云天。

吴金印

秃岭荒山一老乡，凭山借水筑风光。
山河变样人未老，赫赫碑铭上太行。

爱珲展览馆

爱晖城阙映朝晖，一片苍茫雁北归。
请看黑龙江岸上，至今尚有汉云飞。

中华奇石赋 (十一首选三)

变色石

从来品质誉坚贞，玉碎难移志士魂。
顽石如今能变色，随风幻化妙传神。

显字石

岩壁宛如无字碑，风云晴雨展光辉。
神书大道何人识，天启公平立德威。

妙笔生花石

云海苍茫一石奇，生花妙笔写天机。
人心向背兴亡国，天下为公万世基。

中华名亭赋（十一首选二）

三苏亭

锦秀峨嵋流韵长，三苏亭小贮风光。
胸中常蓄乾坤气，写出中华日月章。

半山亭

叱咤风云龙虎声，晚年躲进半山亭。
野花明月温馨夜，梦里常为车马惊。

民族魂（九首选四）

屈原

汨罗一跃起宏波，九死犹呕爱国歌。
民族灵魂民族骨，光辉日月照山河。

文天祥

赴敌胸怀报国情，浩然正气卷雷霆。
燕山洒尽长虹血，留取丹心照汗青。

史可法

壮志情怀报国心，内忧外患变风云。
从容殉难泰山重，化做梅花岭上魂。

杨靖宇

黑水白山旌旆扬，棉花草叶塞饥肠。
剖开五内惊穷寇，满腹中华骨气香。

遣怀（一百首选六）

（一）

无边月色逸昏黄，闲步通幽曲径长。
孰料梅边身坐久，老妻疑是美人香。

（二）

万落千村尽哭翁，半忧天下半忧公。
果然二十风云变，尽在元黎预料中。

（三）

满堂红烛造辉煌，赢得环球美誉扬。
设计师心何预料，西风吹泪惜无方。

（四）

姑娘旅店叫云霞，请进温柔如到家。
挂着羊头销狗肉，坑蒙拐骗乱中华。

（五）

天蕴风云知雨易，山花漫烂识秋难。
雁携特色南归去，只剩西山枫叶寒。

（六）

国家资产入私囊，民族身躯流血浆。
崇拜金钱家国乱，世风欲挽少良方。

小夜曲 （十七首选一）

天壁杏花明月中，冰清玉洁惹幽情。
谁知一夜良宵曲，吹落芳华是笛声。

万家烟树是平房

樱花如带簇丁香，曲径南来酒旆扬。
夕照绮霞城廓处，万家烟树是平房。

读康与之《临江仙》

杏花明月夜深沉，缕缕清愁带泪痕。
国耻靖康谁个忘，一声玉笛到而今。

凭吊诸葛墓

高卧南阳智慧源，茅庐定鼎指挥间。
可怜世运不归蜀，表祭秋风五丈原。

唐庄宗

只凭三箭定河山，亡国恍惚一夜间。
创业功成无庶众，伶倌长袖舞云天。

宋才子谱

宋才子谱序

　　写《宋才子谱》是《唐才子谱》的驱动。写罢《唐才子谱》，意犹未尽；不写《宋才子谱》，似有缺憾。写《唐才子谱》依靠元人辛文房《唐才子传》《新旧唐书》等。写《宋才子谱》，世无专传，因而无所依凭，只好读《宋史》《词学词典》《画史资料》等。

　　在《宋才子谱》里，把才子含义范围扩大，除文化人外，加入了政治家、军事家、科学家。这些家虽专业不同，但均属才子。从层次分，有宰相、将军，有诗词书画家，当然更有布衣。从品位上看，这里有正人、还有小人，古人所谓的肖与不肖，也有介于二者之间者。至于大奸大恶，如蔡京、朱勔、童贯、秦桧、贾似道之流，不在此例。一恐污读者之目，二怕玷作者之笔。

　　所谓谱，绝非传。一首28字绝句，难以概括一人平生。只写正人的闪光点，写小人的污秽点。借闪光点，树立楷模；凭污秽点，作为殷鉴。笔者唯恐写正人笔力不到，写小人鞭笞不深。说到评价是否洽当，那是作者观点。

　　平心而论，宋才子并不比唐才子弱。论宰辅，唐有房玄龄、杜如晦、姚崇、宋璟；宋有赵普、寇准、李纲、范仲淹，皆为敢以天下为己任者。可谓紫燕齐飞，双峰并峙。然唐有"贞观之治"，宋有"靖康之耻"。人们为"贞观之治"而骄傲，为"靖康之耻"而悲愤。缘何如此，并非宰臣不谋国，武将不死边。老子有言："大道废，安有仁义"（老子18章），又言"故失道而后德，失德而后仁，失仁而后义，失义而后礼"。（老子38章）万事成败，关键在于道。无道，德、仁、义、礼、法俱失。道者，反译过来，是正道与邪道，在国家为道路，在党派为路线，在人为所行之道。道之核心，是以庶民为本，还是以贵族为本。以庶民为本，则本固邦宁；以贵族为本，则本坏邦乱。所谓无道昏君之道，即此意也。帝王为舟，庶民为水，载舟之水也覆舟。大道废，万事俱溃，砥柱不直，国家无骨，民气消尽，求诸于德、仁、义、礼、法、俱为弃本而求末。

观夫大宋之道，是偃武嬉文，苟且偷安，皇帝独享福寿，百姓孰管死活。先是王安石改制，破坏传统，打乱秩序。改制并非削贵族之财，而济富於贫民，不是损有余而補不足，而是损不足以奉有余。结果"朱门酒肉臭，路有冻死骨"。即非天道，也非人道。社会不公，动摇国本。改制伤及百姓，则民心乱，民心乱，则国家危。后有赵佶，重用奸恶，淫乐升平，沉迷声色之好，荒废治国之术。徽宗贪天，遂有花石纲之役；权奸爱财，敛天下之财为已有。首脑不洁，腐败丛生。宁向金、夏贡金，不肯整军经武。非宰辅无谋于庙堂，非武将不死于边疆。罪在一人。一人能治国，一人也能毁国，北宋南宋最为典型。其祸之根，在陈桥兵变。自我畏惧别人兵变，而解释国家兵权。武将有心、而无力于国，皇帝养阴，而长城自毁。及至赵构，为一人贪位于内，使二帝为奴于外，所以苟且偷安。大奸窥其心、知其意，投敌国，害忠良；三收兵权，国门自开。国君无志，子民蒙尘。所幸者，大江南北，才子们殚心竭力。献谋者被贬，献身者被杀，失国者愤恨。只个别者，不问国事，不关民瘼。

世势造英雄。有宋一代，国难当头，人才辈出，真是文臣如云，武将如雨，才子如林。限于精力，囿于学识，只写了百位，对未入谱者，失之不敬①。

【注】

① 老子曰："天之道，损有余而补不足；人之道则不然，损不足以奉有余"。（老子77章）

2005年5月2日

郭忠恕（?-977）字恕先，洛阳人，七岁能属文，召为宗正丞兼国子博士，因酒削籍，其后不复求仕。纵酒留意水山之间。善画工篆。乘兴作画，得之者以为宝。宋仁宗闻其名，召授国子监主薄。因酒仗流登州，自掘墓而卒。作《古今尚书》《释文》。

少有文名嗜酒仙，放纵无度山水间。

工诗工画尤工篆，自掘坟茔自作龛。

赵普（922-992）字则平。从太祖镇守宋州，为掌书记。兵至陈桥，普有劝进之功。累官门下侍郎，平章事，集贤殿大学士，宰相，为太祖左右手。太祖称其：真社稷臣也。普沉深有岸谷，以天下为已任，逝时，家人发箧，只论语二十篇，世人誉之：半部论语治天下。

> 兵变陈桥劝进功，廿篇论语治升平。
>
> 奉身敢以神州任，社稷龙腾赖国英。

吕端（935-1000）字易达，幽州安次人。官至枢密直学士，拜参知政事。赵普称其有"台辅之器"。吕蒙正谓其"糊涂"。太宗曰："吕端大事不糊涂"，为相，以太子太保罢。自曰：直道而行无所愧畏。

> 诸葛一生唯谨慎，吕端大事不糊涂。
>
> 常行直道心无惧，立庙功勋世特殊。

王禹偁（954-1001）山东巨野人。九岁能文，太平兴国八年进士。官右拾遗，上《御戎十策》，修《太宗实录》，直书史实，出知黄州。曾倡反对绮靡之风，开诗文改革之先河。著有《小蓄集》《续小蓄集》。其有言："屈身而不屈于道""封禅之书，止期身后"。

> 不劳而诛李继迁，囿身不屈道何坚。
>
> 茂陵封禅期身后，文集相传照碧天。

潘阆（?-1009）字逍遥，大石人。赐进士及第。授四门国子博士，后以狂妄被斥。自制《忆余杭》三首，一时盛传。东坡喜之，书于玉堂。

四门博士任逍遥，辅臣器识类转蒿。
三首妙词传当世，东坡神赏誉妖娆。

吕蒙正（944-1011）字圣劲，太平兴国二年状元。幼时家困，食人遗瓜，做官后，临伊水筑"饐亭"以资怀念。在龙门住窑洞时，食宿无着，为寺僧日敲钟三次，获三食。自谓：平生惟一能事，简拨富弼，吕简夷为相。历官参知政事，中书侍郎，平章事，宰相。

犹记当年饭后钟，不忘昔日食瓜情。
宰相腹内能撑艇，识拔贤相惟一能。

王旦（957-1017）字子明，大明莘人。太平兴国五年进士。钱若水有人品鉴识，见旦曰："王君凌霄耸壑，栋梁之才，宰相器也"。累官中书舍人，以工部侍郎参知政事，昭文馆大学士，宰相。帝重旦，遇事每问旦如何。寇准私议旦短，旦常议准德，准知后自愧。旦荐准为宰相。病日帝为调药，死日帝泣久之。

耸壑凌霄砥柱才，辅臣器识海胸怀。
公心负重推良相，临逝真宗动帝哀。

杨亿（974-1020）福建建瓯人，七岁能文，太宗闻其名，授秘书省正字，赐进士及第。太宗制九弦琴，文士奏颂者众，而亿为尤。修太宗实录，独得56卷。累官至工部侍郎，翰林学士。编《册府元龟》，同编《西昆酬唱集》，内容虚空。

七岁能文动紫宸，颂奏弦琴胜众人。

《册府元龟》功卓著，西昆酬唱少精神。

王嗣忠（944-1021）字希元，沧州人。开元八年状元。殿试时，与赵昌言同时交卷。宋太祖命其摔跤决定胜负。其移判河州时，上疏罢假隐士种放，在江浙荆湖发运使任上，拆庙以正民风，在知邠州时，烧杀群狐，扫除迷信。官至咸德节度使，检校太尉致仕。有《中陵子》三十卷。

一身正气君王惧，三害清除世俗清。

贪恋仕途遭毁议，严恭黎庶获荣声。

寇准（961-1023）字仲平，陕西渭南人。太平兴国五年进士，累官尚书右仆射，集贤殿大学士，中书门下平章事。封莱国公。力主真宗亲征，澶渊之役，阻止契丹南侵。民谣曰：欲得天下好，无如招寇老。著有《巴东籍》《寇忠愍诗集》。

太宗得相国崇隆，一战澶渊社稷功。

刚直才高招谤怨，荆南立庙祭莱公。

林和靖（967-1028）名逋，字君复，杭州人。一生不宦，隐居杭州西湖孤山。种梅养鹤，称为"梅妻鹤子"，超然世外。后人称和靖先生。有《林和靖诗集》传世，其咏梅诗著名。

梅妻鹤子乐孤山，远避红尘自在天。
虽有暗香吟绝世，却无国恨动心田。

王曾（978-1038）字孝先，青州益都人。礼部庭试第一，杨亿见其赋曰："真王佐才也"。官翰林学士。以右谏议大夫参知政事。真宗死，曾草诏："以明肃皇后辅立太子，权听断军国大事"。官至集贤殿大学士，封沂国公。力除私结门户，反对向契丹称臣。

主持矫诏欣尊后，屡谏天朝不服臣。
反结门户真宰相，巧除奸妄正乾坤。

蔡齐（988-1039）字子思，今山东平度人。大中祥符八年状元。试前真宗夜梦菜苗长势甚威，开卷时见蔡齐字样，遂擢为第一。官至龙图阁大学士，权三司使。反对章献太后听政。钱惟寅依附丁渭，诬贤相寇准，齐上书："寇准忠义天下闻名，乃社稷臣也。"维护寇准，少时贫寒。

贫寒不坠青云志，一举成名天下闻。
反对垂帘听国政，维护宰相定乾坤。

尹洙（1001-1046）河南洛阳人，1024年进士，历迁太子中允，起居舍人，为范仲淹辩罪被贬。为文崇简，朴质无华，博学有识度。受欧阳修、范仲淹所推重。有《河南先生文集》。

升沉荣辱赖韩琦，进取欣论用战机。
内和外刚多识度，华章崇简奠文基。

苏舜钦（1008-1048）字子美，梓州铜山人。景祐元年进士，曾任湖州长史。流寓苏州，居沧浪亭，号沧浪翁。与欧阳修，梅尧臣齐名，时号"欧苏""梅苏"。文笔犀利，议论激烈，多抒报国之情。

书香门第蕴才情，沧浪亭中赋芳名。
文笔雄豪思报国，欧苏无愧立双旌。

武宗元（约990-1050）初名崇道，河南白波人。真宗建玉清昭应宫，天下画流三千人应募，百人中选，宗元为首。有《朝元仙仗图》（藏美国纽约明德堂），《元始天尊仪仗行列图》。画风似吴道子。

大匠三千第一人，朝元仙仗画传神。
线条遒劲承吴派，释道风兴宋代魂。

范仲淹（989-1052）字希文，苏州人。大中祥符八年进士。官至枢密副使，参知政事。镇西夏，羌人敬重，称其胸中有百万雄兵，"龙图老子"。卒赠兵部尚书，楚国公。主张革新。其《岳阳楼记》，名传后世，有《范文正公集》传世。

胸富雄兵百万俦，人间苦乐系心头。
中华多此贤良相，天下黎民乐不愁。

柳永（约984-1053）原名三变，字耆卿，福建崇安人。兄弟七人，三人进士，以文章被世称为"柳氏三绝"。因作《醉蓬莱》忤旨，一生不得意。其词多写浪子与妓女，世称凡有井水处，即歌柳词。自称白衣卿相。有《乐章集》传世。

柳家三绝永多情，几是民间世俗声。
杨柳岸边残月冷，布衣卿相美词名。

晏殊（991-1055）字同叔，抚州临川人。七岁能文，有神童之誉。14岁赐进士出身，拜翰林学士，平章政事。范仲淹等皆出其门。词格风流蕴藉。有《晏元献遗文》《珠玉词》传世。其"无可奈何花落去，似曾相识燕归来"《浣溪沙》最有哲味。

神童驰誉振遐陔，宰相求贤擢大才。
无可奈何花落去，千年哲味日边来。

王尧臣（1003-1058）字伯庸，河南虞城人。天圣五年状元。累迁知制诰，翰林学士，端明殿学士，充枢密使，以户部侍郎参知政事。韩琦，范仲淹因事被贬，臣上书保奏。又荐种世衡，狄青等将帅之才。曾编《崇文书目》传世。

> 宰相文奎不自骄，平凡意识品尤高。
> 《崇文书目》传千古，死谥文安凤羽毛。

梅尧臣（1002-1060）字圣俞，宣城人。仁宗赐进士出身。累官太常博士，国子监直讲，屯田员外郎，与苏舜钦齐名。反对西昆体，提倡写实。有《宛陵先生集》40卷，《唐载集》26卷。

> 阳修为友忘年交，预写《唐书》姓名骄。
> 眼底景同言外意，张扬诗旨树高标。

宋祁（998-1061）字子京，与兄庠同时考试，礼部擢第一，章献太后以兄为先，擢庠第一，而置祁第七。官至龙图阁直学士，侍读学士，端明殿大学士，吏部尚书，修《唐书》。因词有"红杏枝头春意闹"句，得名"红杏尚书"。

> 本应咸平一状元，翰林学士著文冠。
> 《唐书》费尽平生力，"红杏尚书"闹翰坛。

苏洵（1009—1066）字允明，眉山人。27岁始发愤读书。读《六经》百家之说。下笔顷刻数千言。至和嘉祐间，携苏轼、苏辙至京师。欧阳修上其所著书22篇，士大夫争传之。真宗召于召试舍人院，辞疾不就。遂除秘书省校书郎。有《太常因革礼》一百卷。其《辩奸论》直指王安石。

峨眉峻秀毓三苏，二十七年方读书。
唐宋文章振八代，一门父子世间殊。

欧阳修（1007-1072）字永叔，自号醉翁，六一居士。早孤，母教其诗词古文，以芦杆为笔，勤奋好学。天圣八年进士第一。屡官屡贬，皇祐六年奉诏修《唐书》，加龙图学士。累任礼部侍郎，枢密付使，参知政事，封开国公。一生著述甚富，有《新五代史》《新唐书》《欧阳文公集》《六一诗话》，为唐宋八大家之一。

一代文宗宰相身，列门八大世间尊。
推翻绮丽披靡士，自号醉翁别有因。

郑獬（1023-1072）字毅夫，安州安陆人，皇佑五年状元，官历翰林学士，权知开封府。因不行新法，为王安石所恶，出知杭州，以侍读学士徒青州。不忍百姓无罪而入宪纲，引疾祈闲。才华横溢，词章豪伟俊丽。著有《郧溪集》50卷。

翰林学士富才华，豪伟词章俊丽花。
不忍元黎遭苦难，祈闲引疾卧朝霞。

周敦颐（1017-1073）字茂叔，道州营道人。曾任桂阳令，治绩尤著，熙宁初知郴州，经吕公著、赵抃推荐，为广东转运判官。黄庭坚称：人品甚高，胸怀洒落，如光风霁月。著《太极图》，究万物之始终。

哲学家兼文学家，爱莲品格烂云霞。

胸怀磊落光风月，传世太极探奥涯。

韩琦（1008-1075）字稚珪，自号赣叟。相州安阳人。天圣五年进士第二。任陕西经略抚招讨使，与范仲淹齐名，朝庭重之，天下人称韩范。民谣曰："军中有一韩，西贼闻之心胆寒"。官拜同中书门下平章事，昭文舘大学士，魏国公。著有《安阳集》20卷。

仲淹韩琦负盛名，陕西经略敌心惊。

政军卓著文章妙，西岳犹应筑赣亭。

邵雍（1011-1077）字尧夫，河南伊水人。幼时自雄，慷慨欲树功名。于书无所不读。北海李之才闻其名，受"河图"，"洛书"宓羲八封六十四卦图象，雍探索隐。富弼，司马光退居洛阳，与其善。忠厚之风闻天下。嘉祐诏求隐逸，雍不受，终为逸士。

少年慷慨树功名，探颐求微河洛穷。

当世明贤多敬仰，终为逸士德声宏。

张先（900-1078）字子野，湖州人，天圣八年进士，官至都官郎中。以善写影出名，因词中有"云破月来花弄影""帘幕卷花影""柳径无人坠轻絮无影"，故号张三影，又号张三中。因词中有："心中事，眼中泪，意中人"。与欧阳修善。有《张子野词》传世。

尚书情尽张三影，永叔倒屦笑相迎。

三中高才终可惜，太平盛世误群英。

文同（1018-1079）字与可，梓桐人，称石宝先生。仁宗皇祐进士。官至司封员外郎，充秘书阁校理，晚年知湖州。善画竹，主张画竹"先必得成竹于胸中"。有《墨竹图》等存世。

成竹于胸文与可，心中气节笔端神。

绿篁摇曳千般美，写尽中华民族魂。

曾巩（1019-1083）字子巩，江西南丰人。家为世儒，12岁能属文，欧阳修见而奇之，嘉祐二年进士。拜中书舍人。唐宋八大家之一。立于欧阳修，王安石之间。有摇曳之姿，开合之美。著有《元丰类稿》。

出身官宦翰香门，试做六经惊世人。

载道文章风气美，《元丰》不愧八家魂。

赵抃（1008-1084）字阅道，浙江衢县人。景祐元年进士，累官殿中侍御史，时称铁面御史，神宗初年为参知政事，龙图学士。与王安石不合，知成都。一琴一鹤自随。有《清献集》。

铁面监官弗避权，一琴一鹤自清闲。

不同安石弹同调，宰相奈何回坠天。

王安石（1019-1086）字介甫，号半山。江西抚州人，大中祥符八年进士。官历翰林学士，参知政事，积极推新政，66岁卒。被列宁称为"中国十一世纪改革家"，赠太师，著有《临川集》100卷，唐宋八大家之一。死后40年发生靖康之变。

欲清积习王安石，正统更张惹是非。

钟阜半山惊铁马，商鞅殷鉴闭柴扉。

司马光（1019-1086）字君实，1039年进士。英宗时除龙图阁直学士，资政殿大学士。因与王安石政见不同，出知永州军。后退居洛阳15年，人称山中宰相。哲宗即位，返京执国政。主编《资治通鉴》。68岁卒，赠太师。有《司马文公集》等多种著作。

破瓮髫龄扬智声，山中宰相赋懿名。

一篇资治兴亡鉴，惕励千年大吕鸣。

崔白（1004-1088）字子西，凤阳人。神宗熙宁补国画院艺学。生活在仁宗、英宗、神宗三朝。恃才傲物，纵逸不群。擅长花鸟蝉雀，画风改变了黄筌画派控制北宋画院花鸟画坛二百年局面。

秋风肃煞飞麻雀，花竹翎毛野趣横。
突破黄筌规百载，紫宸奉诏起新风。

韩绛（1012-1088）字子华，灵寿人。庆历二年进士。韩琦称其有公辅之器。拜枢密付使，参知政事，中书门下平章事。防西夏，代王安石为相。不谙军事。《全宋词》收其词。

韩绛心胸公辅器，参知政事佐君王。
不谙兵事雄心在，太傅退休离庙堂。

杨绘（1017-1088）字元素，绵竹人。少奇警，一目十行。进士及第，神宋时修《起居录》，升翰林学士，任御史中丞。因忤怒王安石，罢知亳州，应天府。有《时贤本事曲子集》及文集80卷。

奇警灵童目十行，翰林学士大名扬。
两番被贬因安石，幸有诗文后世彰。

沈括（1029-1093）字存中，钱塘人。嘉祐八年进士。熙宁中迁翰林学士，龙图阁待制。博学多才，于天文、方志、音乐、律历、医药，无所不通。著有《梦溪笔谈》行世。

盖世才华科学家，龙图待制振荒邅。

《梦溪》巨著传千古，照耀科坛如彩霞。

文彦博（1006-1097）字宽夫，邠州介休人。1027进士，累官同中书门下平章事，封潞国公。为王安石排挤。拜司空。历任四朝，为将相五十年。在洛阳与富弼、司马光等13人置酒赋诗，名"洛阳耆英会"，誉满天下。有《潞文公集》。

为相为将五十秋，声名美誉满神州。

洛阳置酒吟诗会，尽是国家梁栋俦。

秦观（1049-1100）改字少游，别号刊沟居士。元丰八年进士，苏门四学士。历任宣教郎，秘书省正字，太学博士，国史馆编修，因写《谒告写佛书》流放彬州。有《淮海集》《淮海长短句》。苏轼教其不学柳永。

山抹微云学士秦，桃花影里醉迷魂。

两情若是能长久，悱恻缠绵唱到今。

苏轼（1037-1101）字子瞻，四川眉山人。嘉祐元年与弟苏辙同榜进士。因反王安石改革，屡遭贬谪。元祐返回朝廷，任起居舍人，中书舍人，翰林侍读学士。拔识黄庭坚、张耒、秦观等人。又数遭贬谪。著有《东坡集》。唐宋八大家之一。

　　锦秀胸怀不适时，曾经炼狱语尤奇。

　　平生梦想成西子，淡抹浓妆总相宜。

李遵勖（？-1103）字公武，潞州上党人，少习骑射，长好文词，宋太宗驸马，累官镇国军节度使。家中园池，甲于京城，嗜奇石。著有《闲宴集》。

　　少年骑射雪冰间，长好文词驸马衔。

　　嗜石建园藏骨气，文坛载有绮词妍。

黄庭坚（1045-1105）字鲁直，号山谷道人。江西修水人，七岁能诗，治平四年进士，官历秘书郎，参写《资治通鉴》，神宗实录院检讨，起居舍人。苏门四学士。诗与苏轼齐名。江西诗派鼻祖。书法与苏轼、米芾、蔡襄被称为宋代四大家。有《山谷精华录》等著。

　　五岁吟经七岁诗，苏门学士世称奇。

　　齐名苏轼过褒誉，四大书家世为师。

晏几道（1030-1106）字叔原，号小山，临川人。曾任开封府推官，其词与其父齐名，号称二晏。词有境界，感情纯真深挚，不傍权门，故一生潦倒。

官场失意性狂疵，不傍权门不媚时。
风格宛如唐李煜，诗词史上大名驰。

米芾（1051-1109）字元章，吴人。进太常博士，擢礼部尚书。芾为文奇险，特妙于翰墨，沉着飞翥，得王羲之笔意。因举止颠狂，人称"米颠"，风神萧散，苏轼、王安石嘉誉之。点染山水自成一家。著《山林集》100卷。今存《宝晋英光集》八卷，又有《砚史》《书史》《画史》。笔俊迈，有"风樯阵马"之誉。

诗书画绝字元章，行草风樯阵马狂。
点染云山皆妙境，山林集著有风光。

晁补之（1053-1110）字无咎，山东巨野人。17岁著《七述》，受苏学士赏识。元丰二年进士。累官秘书正字，著作郎等。才气飘逸。著作《鸡肋集》《晁无咎词》，具有消极避世思想。晚筑归来园，号归来子。苏门四学士之一。

钱塘七述东坡赏，书画诗词逸气飘。
不愧苏门晁学士，归来堂里望东皋。

李公麟（1045-1106）字伯时，号龙眠居士，安徽桐城人，神宗熙宁三年进士。与苏东坡、王安石友善，博学多能，考古诗文、绘画，多有成就。画《郭子仪单骑退回纥》尤为著名。

进士出身朝奉郎，东坡安石友情长。

子仪单骑睽回纥，儒将威风振八荒。

苏辙（1039-1112）字子由，四川眉山人。累官御史中丞，尚书左丞，门下侍郎，中书舍人。蔡京当国，又降许州。自号颍洪遗老，终日默坐。著有《栾城集》《应诏集》《龙川志略》等。

唐宋文章八大家，嵋山父子烂朝霞。

可怜济世才难用，独对夕阳叹落花。

谢逸（? -1113）字无逸，临川人。少孤，博学工文词，屡试不第，终老布衣。咏蝴蝶三百首，盛传人口，以写景见长。有《溪堂词》文集 20 卷，《春秋广傲》等。

博学多才谢临川，终老布衣误儒冠。

遗世诗文长写景，谢蝴蝶号大名传。

张耒（1054-1114）字文潜，楚州淮阴人。年17作《函关赋》传佈人口。熙宁七年进士。累官秘书省正字，起居舍人，以龙图阁学士知润州。为苏门四学士之一。著有《柯山集》《宛丘集》等。

十七函关赋传名，龙图阁宰润州荣。

为官清正常遭贬，四学士名声德宏。

周邦彦（1056-1121）字美成，号清真居士。杭州人，幼聪明勤奋，博览百家，29岁献《汴都赋》，得神宗赏识，一日震烁海内。政和六年，进徽猷阁待制，举大晟府。被称为苏轼之后艺术大师。其《清真集》继承《花间集》遗风。金兵逼近，多儿女长情之作，风流披靡。

国势颓微搅大晟，靡靡一派乐升平。

与君共恋师师艳，误导民风遗臭名。

贺铸（1052-1125）字方回，生于卫州。孝惠皇后族孙，娶宋室赵先彰之女。任酒使气，不得美官。晚年筑室钱塘，藏书万卷。扶危济困，有侠意之风。著有《庆湖遗老集》。因词中"梅子黄时雨"句，世称贺梅子。词风介于豪放婉约之间。

因酒伤官足可悲，藏书万卷贺方回。

只因秀句黄梅雨，名斐词坛树一碑。

李若水（1093-1127）字清卿，沧州曲固人。原名若水。靖康元年为太学博士，出使金营留滞。人或劝降，水曰："天无二日，若水宁有二主哉"。粘罕令拥去，至郊坛下，骂不决口，监军以刃裂颈断舌而死，年35岁，临死无怖色，作歌曰："矫首向天间，天卒无语：忠臣效死兮，死也何怨"。

生当未世运尤乖，难展回天社稷才。
翘首问天终不语，忠臣死节后人哀。

陈与义（1090-1128）字去非，自号简斋居士，24岁登政和三年上舍甲第。受文林郎，开德府教授。以《墨悔》受皇帝赏识，授太学博士，著作郎。靖康之难，自陈留南奔。绍兴二年授兵部员外郎，后当参知政事。偕五同舍集葆真宫池上，分韵赋诗，皆诧擅场，京城无人不传。尤以"杏花疏影里，吹笛到天明"为历代传诵。

靖康之耻不能忘，分韵赋诗称擅场。
忧国伤时流笔底，杏花疏影万年香。

叶梦得（1077-1140）苏州人，绍圣间（1097）年进士。累官至吏部尚书，尤图阁学士。著述甚丰，有《石林总集》100卷，经术文章，为世宗儒，作歌词也妙天下，能于简淡时出雄杰。

经术文章为世宗，龙图学士享高名。
《石林总集》通今古，词风简淡语乡情。

赵佶（1083-1140）即宋徽宗，在位 25 年，治国无道，生活靡烂。眷宠名妓李师师。重用蔡京、朱勔、童贯等六贼。靖康二年（1127）被金人俘去北国，卒于五国城。他于诗书画无不精妙。

诗词书画皆称妙，皇帝风流社稷忧。
玩物丧志终失国，囚衣北上九州羞。

黄万载与王灼同时人，与王灼友好。编自唐至宋咏梅诗数百首，集名曰：《梅苑》。

梅花气节重昆仑，民族精神民族魂。
唐有诗词《梅苑集》，宋亡研读凝啼痕。

张择端字正道、文友，山东诸诚人，徽宗时入翰林画院。作《清明上河图》，是北宋覆灭前大造"丰亨豫大盛世假像"。宋末画入奸相贾似道手中，明代大奸严嵩父子争竞起大狱。后为溥仪所卖，解放后回归。

画家笔底藏丘壑，捭阖纵横写汴梁。
空有繁华都市梦，国亡回首更凄凉。

岳飞（1103-1143）字鹏举，汤阴人。抗金名将，历官太尉，少保，河南诸路军诏讨使等。进军朱仙镇，大河南北闻风响应，高宗用秦桧计，主议和，一日十二道金牌召回，被杀在风波亭上。孝宗时昭雪，追封鄂王。作品慷慨激昂，壮怀激烈，有《岳武穆集》传世。

壮怀激烈满江红，铁马金戈入翰雄。

欲饮黄龙成死罪，风波肝胆贯长虹。

李邴（1083-1146）字汉老，济宁人。崇宁五年进士。累官翰林学士，兵部侍郎，兼直学士院，拜参知政事，资政殿大学士，曾上"战阵、守备、措划、绥怀"五事。著有《云龛草堂集》，与汪藻，楼铜为南渡三词人。词风清真淡雅。

参知政事辅高宗，五事上书关国情。

南渡无羞词客俊，清幽淡雅享高名。

李纲（1085-1146）字伯纪，邵武人。政和二年进士，任太常少卿，监察御史，靖康时，任兵部侍郎，尚书右丞。主战派，高宗即位，为相。被御史黄潜善诬陷，罢相。诗雄沉健雄，有《梁溪集》《靖康传信录》等。

抗金名将立中流，砥柱擎天国不忧。

可恨君王贪帝位，大才不用失神州。

赵鼎（1085-1147）字元镇，自号得全居士，山西解州喜闻人，4岁而孤，母亲教读。通经史百家之书，崇宁五年进士。金兵破汴京，命百官议立张邦昌，赵鼎、张浚不附议。累官殿中侍御史，同门下平章事。力主抗金，遭秦桧忌，贬湖州、潮州。自题诗："身骑箕尾归天上"。绝食死，封丰国公。有《忠正德文集》。

忠正德文皇帝誉，抗金名将贬漳潮。
"身骑箕尾归天上，气作山河壮本朝"。

李唐（1066-1150）字晞古，河南孟县人。徽宗时画待诏。对南宋画院的马远，夏珪有较大影响。南宋时山水画不为时人所重。其画有《清溪渔隐图》《采薇图》等藏于故宫。自题诗云："早知不入时人眼，多买胭脂画牡丹"。其画多故国之思。

故国江山梦里烟，采薇宁上首阳山。
早知不入时人眼，多买胭脂画牡丹。

韩世忠（1090-1151）字良臣，延安人。风骨伟岸，鸷勇绝人。钦宗即位，金兵压境，王师数万皆溃，惟世忠力战突围。康王即位，受光州观察使，建炎二年加平寇左将军，偕夫人梁红玉，金山一战，以八千人破兀术10万之众。拜神武左军都统制。战淮阳，因功封太保，英国公。秦桧收三大将权，从此闭门谢客。反对议和，敢为岳飞鸣冤。

英雄拍袖整乾坤，红袖添香夜读人。
一战金山传万古，可怜丘壑度闲春。

向子湮（1085-1152）字伯恭，江西清江人。神宗钦圣肃皇后从侄。南渡初，历徽猷阁直学士。坚决抗金，触怒秦桧致仕。自号芗林居士。著作有《芗林家规》《芗林集》《酒边词》等。

> 皇亲国戚芗林士，治世才华违世乖。
> 不与时人同梦境，高风亮节总堪哀。

李清照（1084-1155）字易安，与其夫赵明诚共治《金石录》。明诚任莱州知州，其随任所。"靖康之难、载书15车，随夫南下江宁。时金兵南下，开始逃亡"。有《漱玉集》传世，属婉约派大家。《碧鸡漫志》称，"本朝妇人，当推文采第一。"与秦观、黄九争雄。

> 词坛巾帼一枝秀，漱玉长吟口蕴香。
> 才女可怜多命苦，常同国运共消长。

洪皓（1088-1155）字光弼，鄱阳人，政和五年进士，建炎三年以徽猷阁待制，假礼部尚书使金，几经死难，十五年返国。主张抗金，忤怒秦桧，被谪涿州团练使。有经国之志，民族气节。著有《帝王通要》等。

> 徽猷待制使金庭，十五年间不辱旌。
> 忤怒秦奸遭贬谪，诗词沉痛国家情。

朱敦儒（1081-1159）字希真，号岩壑，洛阳人。早年隐居，钦宗，高宗屡征不出。高宗五年赐进士出身。秦桧当国，纷饰太平，任其为鸿胪少卿。桧死被黜，其人无节。有《猎校集》《岩壑老人诗文集》。其词天资旷远，放眼烟霞，也有感时之作。

天资旷远赋清风，忧感时艰亦动情。

可惜鸿胪亲国贼，早年岩谷节非清。

王灼（约1081-1160）字晦叔，号颐堂，又号小溪。遂宁人。著有《糖霜谱》《颐堂词》，寓居成都碧鸡坊妙胜院，写成《碧鸡漫志》。主张因词定声，宠苏轼、鄙柳永。反对过分强调音律，强调词非以艳科为传统。

妙胜院里写词论，定律因词耳目新。

曲乐千年能遗世，《碧鸡漫志》赖传薪。

郑樵（1104-1162）字渔仲，莆田人。好著书，不为文章。自负不下刘向扬雄。赵鼎、张浚皆器之。为礼乐、文字、天文、地理、虫鱼、木草之学。侍讲王伦、贺允中荐；得台对，言班固以来历代为史之非。授右迪功郎，礼兵部驾阁，著《通志》书成，入为枢密院编修官。

自比刘扬好著书，天文地理鸟鱼珠。

敢非班固以来史，通志书成一代殊。

杨无咎（1079-1171）字補之，清江人。高宗赵构亲征不起。自号清夷长者，以画梅闻名于世。词集名《逃禅集》。人品高杰。有《生查子》词云："小立背西风，又是掩重门"。

高卧茅庐征不起，画梅傲骨自天香。
水云操节词清俊，小立西风看八荒。

张孝祥（1132-1169）字安国，号于湖居士，安徽和县乌江人，绍兴二十四年状元。读书过目不忘，下笔顷刻数千言，写诗文"心手相得，势若风雨"。官至镇东军节度使，敢为岳飞辩冤，遭秦桧忌恨。任集英殿撰修，中书舍人，张浚北伐，为建康留守，坚持抗战。诗词抒发爱国情怀，有《于湖居士集》。

南宋朝庭一状元，中原北望泪潸然。
六洲歌响传千古，壮志难酬发冲冠。

王庭珪（1079-1171）字民瞻，安福人。政和八年进士，调任衡州茶陵丞，与上官不合，弃官隐居。绍兴间，胡邦衡上疏请斩秦桧被贬，只庭珪一人前饯行。因诗召"訕谤"，被流放夜郎。桧死，赐国子监主簿。93岁卒。著作《六经论语讲义》《卢溪集》等。

爱国胡铨请斩秦，新州独别意情深。
诗成訕谤几遭谪，千古男儿社稷臣。

王十鹏（1112-1172）字龟龄，温州乐清人。绍兴二十七年状元。自幼天资聪颖，日诵数千言。官至龙图阁大学士。多次建议高宗整顿朝纲，起用抗金将领。出知饶州，盗闻其名纷纷离去。移知夔州，百姓拆桥相阻，后建桥以十鹏名之，建生祠供奉。其诗文刚健晓畅，浑厚质直。作有《梅溪集》。

不忘靖康家国耻，殷忧启圣状元公。

中兴马上无人识，百姓桥头有姓名。

胡邦衡（1102-1180）胡铨，字邦衡，南京人，建炎二年进士。除枢密院编修，反对议和，上书请斩秦桧，桧欲杀之。桧死得免。孝宗继位，擢资政殿学士。有《澹庵集》。因词中有"豺狼当道"被贬海南岛。

虎踞龙盘颓气生，上疏反对议和风。

豺狼当道颖难出，被贬海南享盛名。

范成大（1126-1193）字致能，号石湖居士，苏州人。29岁中进士，官历枢密院编修等。孝宗时出使金，富有民族气节。爱国诗篇最俱特色。与尤袤、杨万里、陆游被称为《南宋四大家》。有《石湖诗集》《石湖词》传世。

石湖居士著文名，爱国诗词肺腑声。

出使金庭赢仰敬，田园杂兴诉民情。

陈亮（1143-1194）字同甫，号龙川。光宗擢为状元，授建康判官，未任而卒。反对议和，力争抗战。上"中兴五策"不用，在鹅湖与朱熹有王霸之争，名著哲史。作词感情激越，风格豪放，归苏辛派，有《龙川集》。

开拓雄心万代新，中兴五策与谁论。

布衣状元无官欲，王霸之争烁古今。

洪迈（1123-1203）字景庐，号容斋，父洪皓。与兄洪适、洪景皆考中博学宏词科。洪氏三兄弟名闻天下。除枢密院检详文学，因假翰林学士使金议和，被囚三日，水米未进，竟以奉使辱命罢官。后除焕章阁学士，端明殿学士致仕。有《容斋笔记》《钦宗实录》《四朝史记》传世。

鄱阳英气钟三秀，洪迈文章天下闻。

经史百家多博洽，容斋随笔耀千春。

杨万里（1127-1206）字挺秀，号斋诚，吉水人。绍兴24年进士，官国子监博士，秘书监等职。历仕四朝，卒赠光录大夫。讲气节，不阿权贵，道德规范，映照一世。南宋四大家之一。一生写诗二万余首。在秦桧墓前痛骂国贼，不为奸相写南园记。词诗自称"诚斋体"。有《诚斋集》。

活法新奇画九州，太师墓前骂国仇。

不为宰相南园记，大江端的替人羞。

刘过（1154-1206）字改之，号龙州道人。吉州太和人。四次应举未中，一生布衣，流落江湖。力主抗金，多次上书，提出恢复方始，被称为"天下奇男子"。词，风格豪迈多壮语。

　　　回天有药鲜君愁，皇帝无心收北陬。
　　　多景楼中多感慨，淮河彼岸是神州。

辛弃疾（1140-1207）字幼安，号稼轩，山东历城人，生时家乡被金人占领。绍兴31年在家乡组织抗金队伍。曾率50人冲入金营，活捉叛徒张国安，率万人归宋，力主抗金，上"美芹十论"不用。在带湖一带闲居。诗词作多抒发爱国之情和壮志难酬的悲愤。词风豪放，慷慨悲壮，与苏轼齐名。

　　　报国无门苦彷徨，英雄豪气入词章。
　　　十芹妙策无人问，高会鹅湖翰墨香。

陆游（1125-1210）字务观，号放翁。与秦桧孙子同考，主考推为第一，秦桧震怒，将陆除名。任枢密院编修等。因敢言被贬，孝宗赐其进士，又因投降派中伤免职，光宗朝任朝议士夫礼部郎中。创作诗词9300余首，其诗纤丽似秦观，雄慨如苏轼。著有《渭南文集》《剑南诗稿》。

　　　山河社稷满怀忧，不复中原死不休。
　　　万首诗词成绝唱，钗头一曲恨悠悠。

姜白石（1155-1221）字尧章，名夔，江西鄱阳人。绍兴30年进士。一生未仕，食不能养，与杨万里，范成大交往。擅音乐、书法、诗词。词多个人身世和离别之情，风格清幽冷峻，自成一派。著有《白石道人词集》《诗说》等。

疏影暗香吟绿梅，清幽冷峻蕴芳菲。
诗词音乐云龙气，独树旌旗映月晖。

马远（约1140-1225后）号钦山，祖籍河中。其祖父、伯父、父亲、兄弟均为南宋画院画师。在光宗、宁宗年间，任画院待诏。他的画师法李唐。多画断山断水，以寄故国之思。有《寒江独钓》《四皓图》等。

马家山水画中奇，绝壁断岩惊世疑。
壮丽江山无哭处，满腔碧血洒淋漓。

戴复古（1167-1248后）字式之，号石屏，黄岩人。一生仕途偃蹇，历游四方，归隐石屏，其词一片忧国丹心，不满统治者偷安误国。有《石屏集》传世。

仕途偃蹇四方游，归隐石屏兴致幽。
十分忧国丹心在，指陈时政杞人忧。

刘克庄（1187-1269）字潜夫，号后村居士。1146年赐进士出身，以龙图阁学士致仕。著作《后村大全》《后村词话》。南宋后朝，重要辛派词人。内容以关心国家兴衰为主。

龙图学士著文名，敢与陆辛三鼎雄。
华夏兴亡多感慨，发为词话后人宗。

陆秀夫（1236-1279）字君实，楚州盐城人。才思清丽，性沉静，不苟求人知。景定元年进士，李庭芳镇淮南，号称小朝廷，辟置幕中。与张世杰等立益王于福州；进端明殿大学士，签书枢密院，至元16年崖山破，仗剑驱妻子入海，即负王赴海死，年44岁。

宰相器识少年时，矜庄终日静沉思。
可怜砥柱南天立，负君蹈海世为师。

张世杰（?-1279）范阳人，官至检校少保，少傅，枢密付使。至元16年，金兵元帅南宋降将张洪范率兵南下，世杰与洪范战海南岛崖山，败，溺死平章山下。

保宋国公张世杰，降金元帅张洪范。
崖山发起忠奸战，青史臭香传万年。

文天祥（1230-1282）初名云孙，字天祥，1256 年状元。德祐初，除右丞相兼枢密使，以都督保江西，兵败被俘，囚燕京 4 年，不屈，作《正气歌》见志。死于柴市，年 47 岁，著作有《文山集》《文山诗史》。名臣名相。

覆厦难支一状元，昂然赴义挽沦亡。

回天无势肺心碎，正气歌声四海香。

刘辰翁（1232-1297）字孟会，江西吉安人，1262 年廷试第一。贾似道当权。极言"济氏无后可恸，忠良残害可伤，风节不竞可恸"，因直言不得意。宋亡隐居，著有《须溪集》。为宋末大作家。

似道当权敢直言，精神三可世流传。

宋亡不做金庭士，归隐林泉气节坚。

吴文英（1212-1298）字君特，号梦窗。四明人，一生没仕。全力作词，多产作家，词法周邦彦。张炎《词源》指责其词："吴词如七宝楼台，眩人眼目，破拆下来，不成片断"。有《梦窗集》问世。

社稷江山都不管，痴情一片寄婵娟。

如花罗绮皆零碎，无国无家心不寒。

周密（1232-1298）字公瑾，号草窗，吴兴人。曾为义乌令，宋亡不仕，隐居杭州，与张炎、王沂孙等结诗社。著作有《齐东野语》《武林旧事》，编选《绝妙好词》。

《齐东野语》著芳菲，《绝妙好词》孤鹜飞。
不仕金庭守汉节，人间词集树丰碑。

赵文（1232-1298）字凤之，庐陵人，宋危时依文天祥。元兵破汀洲，与天祥相失，遁隐故里。入元后为东湖书院长。著有《青山集》。

追崇状元誓反元，铁马金戈刁斗寒。
宋灭东湖为院长，哀江南赋动心弦。

蒋捷（约1245-1305后）生卒年月不详。字胜欲，号竹山，江苏宜兴人。度宗咸淳10年进士。宋亡隐居在太湖竹山。终不肯仕元，有民族气节。词多反映国破家亡之感，练字精练，音韵谐畅。著有《竹山词》。

宋亡归隐竹山中，不仕元庭气节忠。
练字精深亡国痛，词坛千载德声宏。

郑所南（1241-1318）字忆翁，号所南。祖籍福州，宋末应博学宏词科。未到，元兵南下，遂隐居苏州。所坐必向南，以示不忘宋室。画兰不画土，寓意国土被异族践踏，表现亡国之痛。有题画菊诗："宁肯枝头抱香死，何曾吹落北风中"。怀国反元溢于言表。

　　宋亡归隐做遗民，专赖诗词写菊神。
　　宁肯枝头抱香死，所南气节九州魂。

刘埙（1240-1319）号起潜，自号云水村人，为延平路教授，著有《水云村稿》。才力雄放，其《菩萨蛮》有句云："故宫废址空乔木"，有黍离故国之情。

　　故宫废址空乔木，荒黍家园苦雨风。
　　悽恻胡茄吹汉月，难忘故国黍离情。

张炎（1248-1322）字玉田，号乐笑翁，张俊后人，32年在南宋度过，与周密、王沂孙等结社填词。宋亡后多游历隐居，词风"清空"。词多托物言志，情景交融，著有《山中白云词》。其《词源》是我国最早词学理论之一。

　　名将后人张玉田，填词结社似神仙。
　　清空风格多悠远，一部《词源》词指南。

刘将孙（1257-？）字尚友，江西吉安人，刘辰翁之子。有《养吾斋集》。临汀书院长。词多凄恻伤感，不忘故国，情文慷慨，骨干苍凉。

文词慷慨祖家风，骨干苍凉故国情。
院长临汀留遗案，孤灯夜半听鸿鸣。

詹玉一作詹正，字可大，别号天游。古郢人，官翰林大学士。著作有《游天词》。明杨慎《词品》云：詹天游以艳词得名，全无黍离之思。

传世天【游词一卷，多以艳科出名声。
全无故国兴衰感，宋不消亡违世情。

徐宝君妻生卒年月不详，南宋女词人。其夫宝君岳州人。元兵破宋，被俘，誓不从敌，投水而死。其词《满庭芳》感慨兴亡，怀念夫君，深沉悲壮。

国破家亡不事夷，明心投水志难移。
断肠一曲庭芳满，怅望归鸿和泪题。

后　记

诗，是中国文化冠冕上的明珠。中国被誉为诗国，可见诗的社会价值。

"诗言志"，出自《尚书舜典》。它是尧舜时诗的总结，也是作诗的宗旨。《诗经》就是典范。

人各有志，自有诗以来，辄双水分流，双峰并立。以屈原、杜甫、陆游为代表的仁人志士，他们的诗，热爱祖国，崇尚民族，关心民瘼，坚守气节，形成了积极的现实主义和浪漫主义诗派。诗是爱国爱民的战斗号角。还有为数不少的诗人，以自我为中心，专咏风花雪月，离愁别恨，秦楼楚馆，怀才不遇，无病呻吟，形成了消极的，超现实的诗派。诗成为有钱阶级抒发闲情的工具。以宋朝为例，北宋一派靡靡之音，瓦缶齐鸣；南宋声声号角，黄钟大吕。抗战时期，重庆诗坛（歌坛），唱的"夜来香""桃花江是美人窝""美酒加咖啡"，使人颓废；延安时"毕业歌""义勇军进行曲""黄河大合唱"等使人愤起。延安是抗战北斗，结果是"数风流人物，还看今朝"。政权的兴亡，被诗歌表现如此强烈。诗的社会效应，得到明证。

《历代诗话词话》对爱国爱民诗，推许甚少；对相思苦恋诗，赞誉过多。这是中华文化的一种流弊。

我崇拜屈原、杜甫、陆游的诗骨、诗风、神韵。经过数十年努力，仍然望尘莫及。

诗、诗人的境界应当是：处江湖之远，则忧其国；居庙堂之高，则忧其民。"先天下之忧而忧，后天下之乐而乐"。

"大道之行，天下为公"（《礼记·礼运》）"民惟邦本"（《尚书·五子之歌》）是中华文化精华，也是诗人正道。

自 60 年代学诗以来，至今已写诗词曲 2600 余首，其中绝句 1500 首，律诗 600 首。这二百馀首绝律，是从这些诗中选出的。艺无止境，学无止境。诗人每走一步，都是一个过程。每检查自己诗作，总觉浅陋，也正因其浅陋，所以请教于方家，以求雅正。

绿园新叶

作者简介

盛义甫，盛武凯子，54 岁，中共党员，本科学历，号馨叶斋主人、馨叶斋，哈尔滨人，祖籍山东。爱好诗词、散文、诗歌、小说、摄影、书法、绘画等。1997 年受父亲盛武凯影响开始作诗。现为中国金融作家协会会员、黑龙江金融作家协会副主席兼诗歌创作委员会主任、中华诗词学会会员、《中华辞赋》社会员、哈市诗词楹联家协会理事、《哈尔滨诗词楹联》编委、青山诗社理事长、《青山诗词》主编。黑龙江省楹联家协会会员、黑龙江金融书法家协会会员、哈尔滨市书法家协会会员、黑龙江省硬笔书法研究会会员、黑龙江金融摄影家协会原副主席、哈尔滨市摄影家协会会员。

作品发表于《华夏嘤鸣》（第二集）《中华当代诗词大赛精品集》《百年悄吟》《回眸呐喊》《春花秋叶》《华夏放歌》等诗集，以及《中华诗词》《老年生活》《老年日报》《当代文人》《中国文学》《中国金融文学》《金融文坛》《中国金融文化》《哈尔滨诗词楹联》《青山诗词》等期刊。

诗词作品获首届"神州杯"中华当代诗词大赛"优秀奖"，被聘为《中华当代诗词大赛精品集》编委，获哈尔滨市职工"放歌松江湿地"诗歌（歌词）大赛优秀奖。入选《哈尔滨市职工"放歌松江湿地"诗歌（歌词）大赛作品集》。

书法作品曾获国际硬笔书法大奖赛银奖、哈尔滨金融工会书画比赛书法一等奖。入选《黑龙江省首届硬笔书法作品展》《中国当代书法篆刻家作品集》《中国国际硬笔书法家大辞典》等辞书。

2006年7月全国农行系统优秀党务工作者，先进事迹被编入《党旗下的辉煌》一书。2010年至2011年度中国农业银行培训工作先进个人。

《绿园新叶》选诗189首。

古体诗选二十四首

登泰山

神着中天路，谷深幽空暝。

登至生仙坊，回望地盘倾。

遥遥晨光布，万里炊烟生。

大地疑海市，山廓洞天映。

倾身十八盘，岂敢回视停。

身至南天门，方知天上行。

云雾踏足底，扬撒随天风。

极顶神仙阁，时隐时现中。

晴映险峰屹，雾隐疑身轻。

虫二动心魄，仙瞰人间生。

回至中天外，云霞绕此行。

足着俗间道，神定峪石经。

拜谒子登处，山下访岱宗。

历代帝王祭，秦石汉柏铭。

暮仰第一岳，嗟嗟泰山行！

漂流巴兰河

2001 年赴依兰巴兰河漂流有感

漂流巴兰河，戏水皮筏中。
波光粼粼动，小鱼翔悠悠；
山鸟梳碧翅，野苇摇翠屏。
枯木任流水，低枝对娇容。
时才景外看，今在画中行。
幕幕蓝山色，场场绿洞庭。
顺流随波去，湍急忽转行。
浅滩腾沸水，巨石掉船徊，
急水拍岸去，青山转天来。
箭冲岸边木，斜依将船撑。
神惊未平处，又来静潭中。
喜申右持桨，大辉摆舵灵。
笑看赏景者，救生衣扣绳。
有女船头坐，歌声震鸟鸣。
叁两少男女，嬉闹巨卵中。
远看几少年，岸弄炊烟升。
亦有幽情者，花伞对影中。
山转水也转，野香伴游行。
似曾海市中，品鱼野草棚。
游兴不曾减，提笔抒怀情。

月夜思

橙月邃穹远，吾思静夜中。
人世史历迁，天道亘古恒。
今钩是古月，新人代旧翁。
万般世途味，望月总多情。

咏晨

鸟醒闹晨早，吾觉知天晓。
信步望天际，红球渐跃高。
昨日观晚照，今见清晨好。
岁月日相似，年少不再找。

九七香港回归

香岛终于回祖国，百年耻辱逝流波；
中华今日雄风舞，万里江山万里歌。

遐趣 二首

(一)

古籍藏秋叶，书斋集典章；
诗词抒壮志，笔墨蕴行藏；
云去品霁月，风来赏晚芳；
夜阑读书乐，卧榻梦魂香。

(二)

晨园百叶翠，花鸟韵天香。
与子丛中戏，天伦乐无疆。

偶感

故园庭前路，蒿香粉蝶舞。
野味幻童趣，欲往无觅处。

夜

树影微风动，虫鸣几处闻。
蓝蓝碧空月，朵朵天上云。

迎春

迎春点染淡浓间，花放时节又一年。
典雅高洁虫不染，耐何环境俏当先。

望西湖

平湖白水西施面，长链镶珠柳翠朦。
远映青峦衣带舞，凤荷烟雨弄脂红。

金庸与夏梦

旷世侠客做文豪，为逐夏梦苦思劳。
友情之水任东去，唯有名章述逍遥。

观归农图

清河渺渺一行船，肩垫犁头别远田。
百载怪池藏岸后，野禽生蛋在崖边。
竹鸡足印软泥上，长草白花荡月前。
夕照影斜随归路，炊烟袅袅味香传。

读李白诗

李白吟诗是何声，千年古音变无凭。
唯知今读犹真韵，抑扬顿挫逸仙风。

傍晚

薄云涟漪漫青天，弯月细勾卧松烟。
渐落天光酡五色，金星高挂看归帆。

雪景即诗

——盛义甫黑板报插图诗意

翠园初雪浸清新，亭塔灯光似北辰。
满月披来荧荧色，繁星夜潜语深深。

茶

透明杯子透明茶，明透茶中明透花。
明透心喝明透水，透明身着透明纱。

献给建党 90 周年

力斧镰刀子弟兵，摧枯拉朽太阳升。
统一战线人心聚，百万雄师世界惊。
核武嫦娥真魅力，扶贫环保重民生。
神威国体昭天下，执政清廉乃大成。

儿时去农村观露天电影记忆

仰望影片地为席，剧情唤醒晚风习。
村屋灯照归途远，挪步终归解水饥。

八大山人

落日斜晖古树鸦，孤钟寒磬炼风华。
国之不幸生宏业，冷逸宗师是朱耷。

南昌郊外闲情

有缘闲处在南昌，暂把他乡做故乡。
探步梅湖寻妙境，风含县令品德香。

五律选 三首

去寒山寺观枫桥

西去寒山寺，黄墙映古桥。
易寻渔火岸，难做夜泊樵。
张继钟声远，闻君旅路遥。
偷闲一刻卧，隔柳看娇娆。

孔府游感

迢迢千里至，拜谒孔王台。
庭锁深深巷，鹃鸣翠翠槐。
似听门细响，如觉圣归来。
问子今何感，云云岂辨哉。

夜色伏尔加庄园

哈尔滨郊外，丁香漫紫烟。
教堂穹顶立，夜幕密林间。
篝火荡河水，鼓声飘远天。
蛙鸣湿地闹，野趣惹狂欢。

七律选三十八首

绿园

家有绿园，春景可爱，父诗集取之为名，我写绿园诗，为情所使。

小巧园林柳色新，黄金点染是迎春。
杏花俊影横斜雨，李树霓裳飘逸云。
樱艳株株晨映野，丁香簇簇夜迷人。
赏心悦目情难叙，日日风光醉梦魂。

赞方副司令——看电视剧《突出重围》

胸藏华夏真魂魄，病痛缠身奈若何。
重拯 A 师寻出路，回归威武壮山河。
和平背后强军力，实战之中将相和。
科技龙韬兼有获，死而无憾对天歌。

游瑷珲博物馆有感

魁星阁上望江东，遥见依稀南岳鸿。
江左幽魂蒙国耻，中华梦寐满江红。
康熙后世期鹏举，民众今朝盼故城。
睡里长车驰旧土，展开汉舆祈升平。

长途路上

——赴鸡西、七台河、牡丹江途中有感

银练蜿蜒驰碧野，仰观峰顶转云天。

马桥河处盘宏谷，鸡密途中看巨峦。

大地空蒙天色罩，远山叠翠蜃楼衔。

尽收眼底风光好，一路无疲兴盎然。

闲夜

如钩苍色起东方，似水柔光照碧窗。

风动芭蕉播乱影，鸟闻远鼓自梳妆。

人闲有兴观花卉，灯盏孤单映院墙。

蟋蟀声声知夜静，仲夏凭栏纳晚凉。

依兰怪坡

倭肯河边屹峻山，东来紫气荡依兰。

深幽小谷一条路，遥对大江千里船。

看似平凡真似怪，上坡容易下坡难。

归来梦里中原去，远远黄河上九天。

蒙娜丽莎

笑影微微百媚生，江山锦绣衬丰盈。
明眸秋水传慈意，俊俏芳唇惹梦萦。
秀指纤纤增润色，发丝屡屡散香凝。
芬奇此画常观后，每每睡中呼美名。

肖翁游千山

高龄八十骨铮铮，伟岸身材步带风。
远望摩崖生万象，仰观布袋蓄千峰。
侧攀夹扁看云幻，独立屏藩听雨声。
踏遍青山凭意志，心胸海阔看人生。

北行黑河隔江而望

立马桥头望雪原，江东无数好河山。
兴安外岭携云舞，北海渔丰展锦帆。
库页怒雕飞箭翼，乌苏白鹭避寒烟。
何当羽令归完璧，驰骋边疆笑语欢。

博客点评

字字传神流采韵，行行乡恋俱真情。

当年村野横月下，今日邻朋喜泪迎。

童趣时时呈幻景，柳烟处处没残庭。

拾来拙句同情触，斗胆无才妄点评。

读同事张杰事迹有感

得意春风万象兴，寒秋霜至菊成名。

虽为女婿行儿孝，敬老职责赞有凭。

朴素无华存正气，无微不至写真诚。

人民会场传佳讯，嘉奖张杰半子情①。

【注】

① "半子"：张杰同志的先进事迹的题目就是《竭尽"半子"之情，孝敬岳父母》

咏月

一球升跃渺苍茫，混沌初开化玉璜。

雾柏浓淡泼写意，横波奔涌弄钱塘。

风云急略行千里，广袖长披是瑞祥。

多少愁思遥相寄，古来秋仲返家乡。

月夜

星语频频远幕中，薄云片片漫长空。
夜霞似锦镶银廓，玉镜如轮渡碧穹。
翠鸟啁啾鸣绿柳，牡丹娇艳沐春风。
平湖静静无边镜，一叶扁舟出月宫。

太阳岛湿地秋色

太阳岛上幻神光，五彩斑斓酿秋装。
鸿雁闲游芦苇荡，彩霞弥漫草花香。
远亭飘渺月宫景，晚照斜帆野麦黄。
碧透天光一镜水，石桥对影玉珠镶。

萧红诞辰 100 周年

呼兰河畔卷风云，庭院高飞雁荡身。
灵秀百年难得遇，家园千孔毅从文。
悄吟引领雷霆怒，疾病难缠爱国魂。
早逝英华霜叶美，古籍依旧散清芬。

庆哈尔滨诗词研究会成立十五周年

时光转瞬已多年，德艺双馨会诸贤。
边塞雁鸣传四海，美文流韵荡山川。
传承薪火长征路，激水中流意志帆。
民富国强无尽兴，豪情远上蔚蓝天。

伏尔加庄园金秋水韵

平静湖光水是天，深秋点彩五花全。
双双楼影飘天宇，串串斜晖染塔尖。
白桦披金迎晚韵，小舟垂钓在云端。
芦英轻舞纤纤色，隐隐钟声和远烟。

井冈风云

远山轮廓画于天，飞瀑依稀碧宇悬。
险道蜿蜒深谷后，云梯直挂玉阶前。
松峰挺立观风雨，晨露晶莹幻野烟。
八角灯光燃圣火，庶民当政换人间。

游松花江湿地有感

松江湿地誉东方，万顷芦塘万顷香。
蒲苇翠浓丹鹤舞，烟波浩渺野禽翔。
群鸥掠水身如箭，鸿雁鸣天月似霜。
座座虹桥铺锦路，富民环保为图强。

袁家界

弥漫浓雾袁家界，鬼斧神工峭壁悬。
深涧幽幽不见底，薄云隐隐远青峦。
群峰剑指迎残月，游客攀登睇胆寒。
寻遍那威难再见，漂浮山顶落清泉。

悼念小猫迪迪

迪迪当年到我家，顽皮可爱惹人夸。
有缘安逸当来此，白亮皮毛最数它。
猫眼鸳鸯神易懂，叫声婉转意殊佳。
而今竟病诚难治，逝安阿比甲当嘎。

咏丁香

晚霞弥漫是丁香，靓丽裙装俏脸庞。
花瓣团团羞醉意，枝条密密点夕阳。
中山路上馨风舞，湿地湖边倒影装。
南去平房织锦路，北来摇曳奏华章。

怀念王占华先生①

逢君感动到青山，为我辛劳苦不言。
收稿频频何致细，送书遍遍哪知难。
适逢画展扛新作，喜遇新人荐智贤。
疾病缠身谋社稷，吟诗一世为轩辕。

【注】

① 青山诗社王占华先生，在疾病缠身之时仍不忘为诗社前途谋
　 划操劳。

李宗仁

曾经学浅看宗仁，只晓飘洋叶落根。
津浦神兵敌胆颤，临沂胜战我军神。
台庄重创倭寇锐，功绩永铭山岳魂。
大义归来毛点赞，贼船敢闯史奇文。

戴安澜

年少神州恨不同，北伐毅弃笔从戎。
昆仑关隘歼倭勇，缅甸东瓜浴血红。
八百烈英光耀史，五千日寇卸盔骢。
毛诗两首将军赞，竟有其中赞衍功。

忠全会长礼赞青山诗社 25 华诞感怀

瑞雪初晴点翠峦，护林使者聚狂欢。
历经风雨添枝绿，屡受冰霜染叶丹。
水秀路宽驰骏马，风和日丽舞春鹃。
引来吟长临佳境，笔墨情谊绘峻山。

老君山雄姿

浩瀚风涛涌宇庭，伏牛载月任遨行。
老君山峻披云瀑，工笔冰晶绣锦屏。
云海奔腾出红日，雄姿屹立傲霜晴。
大千浑墨峰飞秀，恬淡悠悠看众生。

再咏老君山

万里晨光漫晓雾，层层纱岭叠云中。

雄姿隐隐天风骤，云海茫茫落日红。

飞瀑披肩横险秀，亭峰笔墨韵神工。

老君山色知与否？美感真如我共同？

赠同窗好友

昨夜梦中重遇君，家乡面貌焕然新。

滨楼群立着奇彩，松岛芬芳画富春。

风雨江湖无久态，同窗挚爱有恒深。

凭篱远望南山秀，退去浮云景色真。

赞中国纪念反法西斯胜利 70 周年阅兵

正义之师聚北京，军威浩荡为和平。

银鹰闪闪长空过，履带隆隆气势腾。

铁血荣光铭史册，同心世界汇宾朋。

至今贼寇难知罪，不断中华砺剑声。

同学金河金星湿地游有感

松江湿地数金河，九曲幽街九道坡。
三辆单车如逐鹿，一行醉驾似游蛇。
亭桥远映湖心处，烟柳斜依晓月蛾。
水榭楼台风带雨，湖滨酒宴笑欢歌。

浓雾三清山

俊俏三清山雾秀，云深栈道雨中徊。
偶识云海飞云去，难见锦屏织锦来。
写意群峰渲彩墨，细勾松影树天台。
玉京天柱知何去，只盼缘来再感怀。①

【注】
① 云海、锦屏峰、玉京峰、天柱峰都是三清山知名景点。

魁星阁怨

辽阔江东雾似织，魁星每上泪襟湿。
兴安一带翠微远，黑水千涛遗恨驰。
前代总成今代怨，新潮却唱旧潮辞。
劝君莫再凭栏处，自古鬼嫌鹏举痴。

近中秋

月光如水惹乡愁，又见皎辉升小楼。
樱院惠风飘锦落，烛香玉泪卷脂流。
琼宫蓝夜燃橙火，草舍孤灯映醉眸。
海市缘来天宇外，凭君花径带风柔。

吕维彬桦川扶贫有感

千里扶贫住小村，经年精准著新文。
更衣室外飞风雪，入睡梦中知暖温。
感念组织询困苦，置身群众别家亲。
笔耕不辍推佳迹，老骥奔蹄为万民。

贺十九大召开

十八以来年月稠，重修丝路是英谋。
扶贫良策求精准，引领金融筑亚投。
聚首博鳌成典范，重锤贪腐促廉侯。
复兴大业东风赖，今日扬帆耀九洲。

赏牡丹

李老欣邀赏牡丹①，楼群幽处见芳园。

素绢朵朵微风舞，闲客纷纷醉意观。

蜂碌蕊深尝粉黛，吾闲栏外品花妍。

习习香袭生恋意，萍水相逢离别难。

【注】

① 李老：指李文林，哈市知名诗人，书法家。

望月反而梦之

梦来身至广寒宫，浩浩沉沙寂静中。

无处庭园寻断壁，何年娥女弃蟾宫。

仰观四海风云幻，卧看七洲日夜通。

情寄银盘人尚此，常迎彩月更何从。

五绝选 十四首

林则徐

忠心报国家，佩剑去天涯。
受命销烟事，烽火耀中华。

偶得

绿洲成大漠，沧海变桑田。
白鹤南天去，不知何日还。

九七天象奇观

波普扫苍穹，偏全日食逢；
奇观千载遇，看宇宙风行。

牡丹

残园白牡丹，纤朵舞微风。
香袭观人醉，艳招蜂恋中。

无题

路遇野花妍，馨香梦魂牵。
欲折家中嗅，折恐毁之鲜。

水中月

潭碧水粼粼，晴空荡水痕。
银盘浮玉海，皎洁渡层云。

忆西湖

新绿西湖色，波光浴柳枝。
移舟瞭远处，山影墨痕湿。

童趣

——为博友刘建中的油画《童年印象》所作

梦幻故园中，无忧朴素童。
铁圈真趣里，欲往觅无踪。

与友舟游

碧水移舟去，莺鸣两涧春。
与君喜相聚，细雨落纷纷。

秋景

秋林横静水，天地洗无痕。
惊鸟群飞去，遥来早钓人。

泰山日出

泰岳航云海，涛涛浪逐风。
人间腾曙日，仙界早初升。

梦幻漓江

千里平川阔，青山远近栽。
蜿蜒来去水，云天荡竹排。

沙漠胡杨

沙海辽无际，天边雁两行。
胡林侵古道，瘦影画夕阳。

五花山

盛夏着青翠，秋来换彩妆。
云霞呈五色，尽落满山岗。

七绝选一百〇九首

丁香

每逢素客意留连，阵阵香风袭爽然。
回首紫云缭绕处，夕阳光里醉神仙。

风景

林外桥边立秀峰，野香撩得恋情生；
旅途奇遇此番景，常入归来香梦中。

自孤山望西湖

平湖飘渺三仙岛，远映纱峦翠舞飘。
春晓苏堤烟绿动，西施项下链珠娇。

苏堤

写意柳烟时淡浓，绿辉闪映染湖中。
香肤西子波光处，翡翠珠桥一链横。

夜宿客栈

深谷松风皓月天，片云连夜抹长烟。
圆蟾不畏高寒处，无限情怀照我眠。

咏钓鱼岛

女娲遗石下天庭，先祖垂杆史已铭，
倭寇贼心窥宝岛，中华大地震雷霆。

参观上海博物馆 二首

（一）

喜观宋拓九成宫，回首频频细品功。
笔韵墨香仍具在，家藏印本不相同。

（二）

古色馨香笼画庭，大家笔墨见精工。
已惊壁上群虾趣，忽又吹来瘦竹风。

悼王琢 三首

(一)

前年今日雪纷纷，爱友辞离吾碎心。
昔日相逢花怒放，今生何处觅知音。

(二)

少年灵秀赋才华，妙语诙谐笔出花。
结伴同窗迷绘画，心中羡慕早成家。

(三)

邈想当年来北厂，巡回演出舞台忙。
相逢纵酒千杯少，促膝谈心烛结香。

荷花别咏

谁道荷花不染泥，浊中养性固根基。
同流无垢真难得，警示凡人处世迷。

婚纱照

薄唇笑语惹心魂，曾有依偎觉软温；
一刻抚腰吻颈醉，了然遗梦不绝痕。

观鸟

转头梳翅落窗前，回首观来却怔然。
噗地一声飞远去，几番拔上碧蓝天。

望月兴叹

圆蟾那管人间事，千载长空自亏盈。
无数痴心悲怨者，可怜对月枉多情。

望月思

昏月孤单夜静沉，生情痴梦醒时分。
分时醒梦痴情生，沉静夜单孤月昏。

别绿园 三首

(一)

花娇斜倚递枝头，风雨沧桑几度秋。
从此桃林春梦断，几会梦里客云游。

(二)

已别田园几度秋，春花依旧任风流。
孤蓬浩渺人愁处，徒恐枝头折放牛。

(三)

春风又将桃林染，原是梦中回故园。
万点枝头爆花处，淡妆浓抹映苍髯。

扑蝶

振翅蝶儿摇艳花，穿梭飘荡弄烟霞。
猫腰袭去翻来看，几瓣残红手里抓。

孤鸿

几缕炊烟上晚霞，千只燕子落农家。
孤鸿振翅云霄外，欲速不及西日斜。

林则徐

把剑临风披醉发，长沙望断到天涯。
旌旗挥动夷军灭，万里江河映赤霞。

无题

夜是黎明前最暗，浪为潮涨后平息。
朝霞万里应防雨，将出长虹暴虐奇。

通勤路上

千奇楼宇排排过，来往行车笛带风。
一路颠簸似非睡，耳边嚷闹站名声。

泛舟晚意

沉沉暮色罩天边，明月悠悠挂九天。
秋水深深荡灯影，舟棚晚唱入云烟。

早出

东窗未白孤灯亮，楼宇门声星闪明。
雪舞路灯人影远，通勤苦旅早出行。

春意偶成

春气习习暖意迷，闲来户外换轻衣。
斜阳渐渐幻天色，街上行人曙色披。

游乌苏里江

有幸虎头俄境边，乌苏江上问游船。
何因我处无山鸟，对岸鹭鸶翔碧天。

赴俄罗斯布市有感 三首

（一）

滚滚龙江东故土，风情异域辨真难。
长空多少幽魂荡，南望王师越百年。

（二）

晨野烟村六四声，曾经楼榭漾升平。
王师百载无音信，早已一番欧陆情。

（三）

俄雨腥风一脉成，海兰血染渍无铭。
王师无定江东日，世无家祭告先翁。

夜色中央大街 （二首选一）

霓虹楼塔入天明，火树冰花一线红。
欧塔静空橙月挂，石头道上秀游浓。

枫桥感怀

千里迢迢情满怀，姑苏城外月徘徊。
江枫难觅何愁处，夜半钟声客未来。

乘飞机南去广州途中有感 二首

（一）

麦道南飞上九宵，人间俯望最妖娆。
长空荡荡无仙殿，玉女何方弄寿桃。

（二）

麦道飞机上九宵，神州俯瞰最多娇。
黄河九曲波涛涌，一点泰山云海飘。

乘飞机返哈有感

南乘银鹰上九宵，云低万仞甚逍遥。
人间已是黄昏后，天上蓝蓝日尚高。

船游西湖至苏堤途中远望静慈寺

南屏山色转湖天，黄顶飞檐入眼帘。
不到晚霞衔落日，钟声一样荡游船。

自小赢洲乘船去苏堤途中有感

赢洲南去奔苏堤，船过三潭日照西。
淡淡湖烟笼山色，略观西子弄脂猗。

鸡西麒麟山庄一景

六角飞亭落碧山，黄金一点显青峦。
闲情已到勾檐下，名士约来酒对天。

自杭州乘船去苏州有感

杭埠行船夜色迟，波光一路月相驰。
运河甜梦长千里，晓看盘门细雨时。

归途驰月

圆月当空嵌碧窗，随车共渡夜苍茫。
归途景物匆辞去；千里原来照故乡。

观月有感 二首

（一）

玉盘隐隐现宫庭，古树苍茫绕画屏。
一样寂寥寒雪夜，周遭不似月宫明。

（二）

玉盘隐隐现寒宫，古树苍茫似雾凇。
难见嫦娥携玉兔，唯观广袖链长空。

拙政园小憩

曲曲折折绕碧塘，绿野林荫沐野香。
隔柳遥遥荷雾处，征明书匾映波光。

游西湖

雨幕东移云撒雾，小舟西渡桨携风。
瞬间夕照风云去，靠近长桥望彩虹。

游览千山天成大佛

玉阶百转绕仙山，对涧琼崖渐比肩。
惊喜香风飘逸处，弥勒布袋笑无言。

闲情

城宇喧嚣耳际边，暂将野外作桃源。
闲情飞荡高云上，奇美隆升比壮观。

春夜

草舍灯光晕色愁，寒枝远探映吴钩。
梅心喜泪随风落，冰融雪化细声流。

赞龙江台为您选饭店美食节目

冰城好客誉东方，满汉西餐玉液香。
借问酒家何处有，广播连线找国良。

早出人

生计繁忙历古今，南来北往各纷纷。
任凭披露何时起，总有辛勤早出人。

中国美术馆何水法画作有感

万枝红艳醉春芳，名馆凭珍永住藏。
从此京城人爱问，缘何四季总飘香。

为博友智摛的摄影作品征诗所作

一叶孤舟碧水间，何须问我去何边。
范蠡隐处常为客，暂避喧嚣掩洞源。

赏老吴摄影作品而作

桃红柳绿菜花黄，遍野春光弄靓装。
新作拈来凭技艺，茶园美女斗芬芳。

冬日城市景色

雾霭沉沉曙色昏，高楼隐隐屹风尘。
车流日日征程缓，尾气腾腾半入云。

日食

日月中天依曙色，乾坤同轨隐华婵。
各司昼夜阴阳会，合铸千年钻石环。

画虎配诗

虎步山间观静动，跃临绝顶辨秋毫。
清廉为政听长啸，华夏江山屹九霄。

五花山

金秋气爽蔚蓝天，五色云霞落满山。
好色之徒来忘返，夕阳点染醉红川。

桃源随咏

桃源已去路徘徊，总使渔夫费怨猜。
只辨落红随绿水，不识枫叶已飘来。

喜萧红故居修缮有感

女杰华诞百周年，留有名篇醒世言。
端坐庭中思旧事，故乡风貌胜从前。

雪中残荷

伏尔加湖^①冰野阔，皑皑白雪映残荷。
曾经片片盈风韵，绿叶粉娇似仙娥。

【注】
① 伏尔加湖指哈尔滨伏尔加庄园的湖。

残荷

最爱残荷映雪晴，枯枝雅色耐寒冰。
叶纹写就青春事，万顷荷塘万盏灯。

夜幕松花江

合璧水天双落日，松江霞去幻星河。
双钩对跃升苍宇，灯火渔家唱晚歌。

航空时差

星移斗转风云幻，鸟瞰阴晴万里行。
莫叹苍茫天过午，世间时刻有黎明。

绿叶

栅栏叶茂雨初停，浓郁绿荫隐鸟鸣。
一缕阳光投翠蔓，并非玉女也娉婷。

荷花 四首

（一）

谁说不见宝莲灯，朵朵荷花瓣透明。
橙紫蕊芯燃正旺，绿潭风过更轻盈。

（二）

碧珠滚动也轻盈，绿意油油满画庭。
精巧细纹谁驻步，原来荷叶落蜻蜓。

（三）

粉腮半掩侧横波，细雨涟漪远近播。
莲叶深深藏不住，含苞待放更婆娑。

（四）

时有微风丝雨过，写意泼出水墨荷。
玉立亭亭姿百态，闻听远处有渔歌。

邻水大峡谷

涧道幽深细雨吹，平潭涌动远瀑飞。
蛛丝流蜜蝴蝶舞，垂链飞纱弄绿辉。

红荷出浴

红荷出水舞轻裙，云雾飘纱现美人。
童子跟随听旨意，甘霖频撒到凡尘。

赏"一子"博客书法

笔画流畅艺精纯，抑扬顿挫布奇文。
轻浓转出行云妙，笔者风姿必有神。

叹 7.23 甬温车难涂炭生灵

铁路劣官贪业绩，拔苗助长害黎民。
本来荒诞忙遮丑，欲掩伤疤愈有痕。

晨

远翠和烟雾笼纱，太阳画外染金霞。
三两鸟声晨愈静，辛勤早起为持家。

庐山云海

香炉仰眺长风起，漫涌山巅瀑布云。
峰影远天飘锦带，青空高高月飞轮。

山湖云雾

平湖雾起漫山云，自古雾云难辩分。
云里小舟山里雾，渔翁网网散浮云。

坝上风景

晨光剔透树荫长，五彩斑斓琥珀装。
原野起伏轻雾远，羊群逆影似云乡。

庭院小花

柳烟深处有人家，庭院闲栽几小花。
一样世间安寂静，阳光起落看篱笆。

题《仿宋元山水图》

静谷听泉守本心，无人无我境脱尘。
淡泊禅路寻空径，真妙玄音不假文。

重庆华岩寺

人生究竟是如何？真有轮回愿做佛。
难辨谁空不异色，华岩苍雨唱禅歌。

呼伦贝尔油菜花海

油菜花开画草原，平铺彩笔到天边。
白云漫步行原野，一抹青青是远山。

牧牛图

古柏苍苍晓雾朦，墨牛摆尾草青青。
小童笛曲传天外，自在悠闲任牧行。

临天池

手摘白云水里丢，一池苍宇洗千愁。
胸怀世界观天下，一笑古今将相侯。

韶山冲里拜泽东

韶山冲里太阳升，千里迢迢拜泽东。
无限真情无限爱，花篮敬献再弯躬。

中秋望月

皓月橙橙笼碧纱，蟾宫灯火闪微瑕。
人间相映霓虹夜，一洗晴空共月华。

平房公园摄影作品 三首

（一）

柳枝帘动透婀娜，碧水粼粼映晚荷。
每遇仲秋逢晚月，湖中明月见嫦娥。

（二）

旖旎风光柳似烟，琼枝玉叶映湖天。
谁说只有黄山树？此处糖枫秀手观。

（三）

春光旖旎百千寻，盛景平房早有闻。
玉树琼枝红外看，斜阳树影幻风云。

豪哥航拍云海图赞

浩渺无垠漫乳纱，峰峦腾跃吐英华。
阳光普射山外岭，天界几重云外霞。

五常深秋采风①

随友五常观晚秋，阳光移影画风柔。
点金黄叶妆青岭，弥漫稻香醉镜头。

【注】
① 五常，哈尔滨市县级市。

绿江村美景

落日拨云观绿江，炊烟初起染霞光。
浅滩远望千层水，来去涛声绕米香。

天华山

红叶枫枝掩洞天，小溪百转巨卵间。
五花落叶随流水，云绕群峰看远川。

赠某诗友 三首

(一)

青山深处有君来，时隐云中似去徊。
一旦春风吹过后，惊奇彼此在楼台。

(二)

以诗会友在青山，远望云天挂细川。
携手闲来吟五色，茅棚沽酒弄炊烟。

(三)

识君有幸在青山，助火薪柴耐岁寒。
爱见远途奔骏马，狐鸦口蜜怎常年。

赞龙广爱心送考

十载温馨送考路，百年学子报恩心。
平安使者传递爱，功比泰山龙广人。

高铁途径长春有感

曾经高铁过长春，遥忆城中电影人。
幕幕银屏经典事，温馨岁月再钩沉。

缅怀周星人诗友^①

忽闻噩耗痛思君，笑貌音容忆似真。
重症缠身诗不忘，青山永记爱山人。

【注】
① 周星人，与作者是青山诗社诗友

红豆

银域琼枝点点红，霜花密撒似棉绒。
润毫玉版寒风起^①，傲雪梅香漫几重。

【注】
① 玉版，宣纸名。

盼君归

月华樱雨水光摇，茶榭琴悠过小桥。
细卷珠帘闺内影，脂香一缕夜遥遥。

晚秋暖日

中午斜阳着绿柳，几重滴翠几重明。
欲镶画框墙中挂，时有馨风暖画庭。

无题

吾与迷境谁知路？少向芳菲问雾凇。
日有恒规昭四季，心无旁骛耐峥嵘。

赞祁海涛夫妻文采合璧

夫妻勤奋乐耕园，春雨桃花倚碧栏。
待到丰收香满地，拾来文采万千篇。

海涛庄园杏花开

草新泥土亦清芬，满树朱丹点浅深。
最喜花开晨雨后，引领庄园满目春。

忆绿园

微雨春枝点杏花，柳林新绿绕人家。
泥香草馥侵心脾，晓月临窗漫乳纱。

清晨恩和小镇

无边绿野荡云纱，飞羽蓝天化蔚霞。
高处凭栏极目望，心胸剔透玉无暇。

呼伦贝尔风光

云蒸霞蔚画天边，草写江河绿纸宣。
挥就草原千里卷，天光日月润其间。

庐山脚下有感

几重山影几重天，云气空蒙绿渐蓝。
最喜花边树剪影，心情已跃到庐山。

自题《月渡云行》摄影作品

排云如雪漫千山，万里长空渡月圆。
如此多娇天运笔，缘君视野在高端。

魁星阁怨

每见难揩别后情，金冠楼角任风迎。
花开时节非圆月，落得隔江看晚晴。